Rote Krimi

Von EDGAR WALLACE
sind im Goldmann Verlag lieferbar:

Die Abenteuerin. 164
A. S. der Unsichtbare. 126
Die Bande des Schreckens. 11
Der Banknotenfälscher. 67
Bei den drei Eichen. 100
Die blaue Hand. 6
Der Brigant. 111
Der Derbysieger. 242
Der Diamantenfluß. 16
Der Dieb in der Nacht. 1060
Der Doppelgänger. 95
Die drei Gerechten. 1170
Die drei von Cordova. 160
Der Engel des Schreckens. 136
Feuer im Schloß. 1063
Der Frosch mit der Maske. 1
Gangster in London. 178
Das Gasthaus an der Themse. 88
Die gebogene Kerze. 169
Geheimagent Nr. 6. 236
Geheimnis der gelben Narzissen. 37
Das Geheimnis der Stecknadel. 173
Das geheimnisvolle Haus. 113
Die gelbe Schlange. 33
Ein gerissener Kerl. 28
Das Gesetz der Vier. 230
Das Gesicht im Dunkel. 139
Der goldene Hades. 226
Die Gräfin von Ascot. 1071
Großfuß. 65
Der grüne Bogenschütze. 150
Der grüne Brand. 1020
Gucumatz. 248
Hands up! 13
Der Hexer. 30
Im Banne des Unheimlichen. 117
In den Tod geschickt. 252
Das indische Tuch. 189
John Flack. 51
Der Joker. 159
Das Juwel aus Paris. 2128
Kerry kauft London. 215
Der leuchtende Schlüssel. 91
Lotterie des Todes. 1098
Louba der Spieler. 163
Der Mann, der alles wußte. 86
Der Mann, d. seinen Namen änderte. 1194
Der Mann im Hintergrund. 1155
Der Mann von Marokko. 124
Die Melodie des Todes. 207
Die Millionengeschichte. 194
Mr. Reeder weiß Bescheid. 1114
Nach Norden, Strolch! 221
Neues vom Hexer. 103
Penelope von der »Polyantha«. 211
Der Preller. 116
Der Rächer. 60
Der Redner. 183
Richter Maxells Verbrechen. 41
Der rote Kreis. 35
Der Safe mit dem Rätselschloß. 47
Die Schuld des Anderen. 1055
Der schwarze Abt. 69
Der sechste Sinn des Mr. Reeder. 77
Die seltsame Gräfin. 49
Der sentimentale Mr. Simpson. 1214
Das silberne Dreieck. 154
Das Steckenpferd des alten Derrick. 97
Der Teufel von Tidal Basin. 80
Töchter der Nacht. 1106
Die toten Augen von London. 181
Die Tür mit den sieben Schlössern. 21
Turfschwindel. 155
Überfallkommando. 75
Der Unheimliche. 55
Der unheimliche Mönch. 203
Die unheimlichen Briefe. 1139
Das Verrätertor. 45
Der viereckige Smaragd. 195
Die vier Gerechten. 39
Zimmer 13. 44
Der Zinker. 200

EDGAR WALLACE

Der sechste Sinn des Mr. Reeder

THE MIND OF MR. J. G. REEDER

Kriminalroman

Wilhelm Goldmann Verlag

Aus dem Englischen übertragen von
Mercedes Hilgenfeld

Gesamtauflage 249 000

Made in Germany · 3/79 · 14. Auflage · 2401249

Umschlagentwurf: Creativ Shop, A. + A. Bachmann, München
Umschlagfoto: Richard Canntown, Stuttgart
Gesamtherstellung: Mohndruck Reinhard Mohn GmbH, Gütersloh
Krimi 77 · Berens/Hofmann
ISBN 3-442-00077-7

Der Tag, an dem Mr. Reeder bei der Staatsanwaltschaft seinen Posten antrat, war wirklich von schicksalhafter Bedeutung für Mr. Lambton Green, den Direktor einer Filiale der London Scottish Midland Bank. Diese Zweigstelle lag an der Ecke der Pell Street und der Firling Avenue im sogenannten ländlichen Teil von Ealing. Das Gebäude war ziemlich groß, und im Gegensatz zu den meisten Vorortfilialen war das gesamte Haus dem Bankgeschäft vorbehalten, da die LSM eine Anzahl so wesentlicher Kunden zu betreuen hatte wie die Lunar Traction Company, die mehr als dreitausend Beschäftigte in ihren Lohnlisten führte, die Associated Novelties Corporation mit ihren enormen Umsätzen oder auch die Laraphone Company. Und das waren nur drei Firmen, die zu den bedeutenderen Kunden der LSM zählten.

Für die Zahltage dieser Firmen wurden an jedem Mittwochnachmittag große Summen Bargeld von der Zentrale überbracht und in der Stahlkammer deponiert, die genau unter dem Privatbüro Mr. Greens lag. Der einzige Zugang zu diesem Tresor war eine Panzertür im Schalterraum, die von der Straße aus zu sehen war. Um sie auch bei Nacht deutlich sichtbar zu machen, war ein starker Scheinwerfer darüber angebracht, der die Tür in grelles Licht tauchte. Als weitere Sicherheitsmaßnahme hatte die Bank einen Nachtwächter angestellt, den pensionierten Soldaten Arthur Malling.

Die Direktion der Bank hatte mit dem zuständigen Polizeirevier vereinbart, daß der Streife gehende Beamte alle vierzig Minuten das Gebäude passieren, einen Blick durchs Fenster werfen und sich mit dem Nachtwächter durch Zeichen verständigen sollte.

In der Nacht des 17. Oktober blieb der Polizeibeamte Burnett wie gewöhnlich vor der Bank stehen und blickte durch die große Glasscheibe. Ihm fiel sofort auf, daß der Scheinwerfer erloschen war. Auch der Nachtwächter zeigte sich nicht. Das war so ungewöhnlich, daß Burnett höchst beunruhigt zur Tür eilte. Erschreckt stellte er fest, daß sie unverschlossen war; er stieß sie auf, betrat den Schalterraum und rief Mallings Namen, bekam aber keine Antwort. Ein schwacher süßlicher Duft erfüllte die leere Schalterhalle. Im Privatbüro des Direktors brannte Licht; Burnett riß die Tür auf und sah eine Gestalt auf dem Fußboden liegen. Es war der Nachtwächter! Seine Hände waren gefesselt, und zwei Lederriemen umschnürten auch Knie und Fußknöchel. Jetzt fand Burnett auch die Erklärung für den eigenartigen Geruch. Über dem Kopf des Nachtwächters hing an einer Drahtschlinge eine alte Blechkanne, aus deren durchlöchertem Boden ständig eine Flüssigkeit auf den Wattebausch tropfte, der Mallings Gesicht bedeckte. Es war Chloroform. Burnett riß die Watte herunter und zog den reglosen Mann in den Schalterraum. Dann alarmierte er das Polizeirevier.

Der Beamte war noch bemüht, Malling wieder ins Bewußtsein zurückzurufen, als bereits die Polizei erschien. Mit ihr kam ein Polizeiarzt, der zufällig auf dem Revier war, als der Alarmruf durchkam. Aber alle Wiederbelebungsversuche an Malling waren vergeblich. »Er muß schon tot gewesen sein, als er aufgefunden wurde«, erklärte der Polizeiarzt. »Ich möchte nur wissen, was die Schrammen in seiner rechten Handfläche bedeuten.« Der Arzt hatte die zusammengekrampfte Hand des Toten geöffnet und betrachtete ein halbes Dutzend kleiner Risse. Die Verletzungen mußten kurz zuvor entstanden sein, denn die Handfläche war noch mit feuchtem Blut verschmiert.

Burnett erhielt den Auftrag, den Bankdirektor Mr. Green zu wecken, der in der Firling Avenue an derselben Ecke wohnte, an der auch das Bankgebäude stand. Die Firling Avenue war eine Straße von einzelnstehenden kleinen Häusern, die alle nach der gleichen Schablone gebaut waren wie Hunderte solcher Straßen. Als der Beamte durch den kleinen Vorgarten zur Haustür ging, wunderte er sich, daß im Treppenhaus Licht brannte. Burnett hatte kaum angeklopft, als die Tür auch schon aufging. Mr. Lambton Green stand in Hut und Mantel im Eingang und schien sehr aufgeregt zu sein. Im Vorraum konnte Burnett einen Koffer sehen, auf dem eine Reisedecke und ein Schirm lagen.

Der kleine Mann wurde totenblaß, als er hörte, was der Polizeibeamte ihm kurz berichtete.

»Was sagen Sie? Die Bank wurde beraubt? Unmöglich!« Er schrie dieses Wort fast. »Das ist ja entsetzlich!«

Green brach beinahe zusammen, und Burnett mußte ihn stützen.

»Ich – ich wollte gerade verreisen«, erklärte er zusammenhanglos, als er den Beamten zur Bank begleitete. »Es ist nämlich so – ich habe meinen Posten aufgegeben. In meinem Schreibtisch liegt ein Brief, in dem ich dem Direktorium alles erklärt habe.«

Mit unsicheren Schritten stolperte er in seinem Privatbüro an den Polizeibeamten vorbei, die ihn mißtrauisch musterten, und zog mit zitternder Hand ein Schreibtischfach heraus. Er starrte hinein und fiel fassungslos in den Sessel zurück. »Sie sind nicht mehr da!« ächzte er. »Ich hatte sie hier hinterlegt – meine Schlüssel und den Brief!«

Und dann wurde er ohnmächtig.

Als Mr. Green wieder zu sich kam, befand er sich in einer Zelle des Polizeireviers, wurde im Laufe des Tages dem Kriminalkommissar vorgeführt und hörte wie in einem bösen Traum die gegen ihn erhobene Anklage wegen ›Mordes, begangen an Arthur Malling, und Unterschlagung einer Summe von einhunderttausend Pfund‹.

Am gleichen Morgen, an dem Mr. Green in Untersuchungshaft genommen wurde, verlegte Mr. John G. Reeder sein Büro von der Lower Regent Street in die unbehaglichen Räume der Staatsanwaltschaft im obersten Stock des Justizpalastes. Er tat das mit außerordentlichem Widerwillen – er hatte etwas gegen Behörden. Und in diesen Wechsel hatte er überhaupt nur unter der Bedingung eingewilligt, daß er auf einer eigenen Telefonleitung mit seinem alten Büro in Verbindung bleiben könne.

Natürlich hatte Mr. Reeder das nicht direkt verlangt – er verlangte niemals etwas. Er hatte nur darum gebeten, nervös und sich beinahe entschuldigend. Es war eine gewisse Hilflosigkeit um John G. Reeder, die die Leute dazu brachte, Mitleid mit ihm zu haben, und die bewirkte, daß sogar der Staatsanwalt sich manchmal beunruhigt fragte, ob es ein weiser Entschluß gewesen war, diesen schmächtig aussehenden Mann mittleren Alters an die Stelle Inspektor Holfords zu setzen.

Mr. Reeder war etwas über Fünfzig, ein Gentleman mit länglichem Gesicht, sandgrauem Haar und einem Anflug von Backenbart, der barmherzigerweise die Aufmerksamkeit von den großen, etwas abstehenden Ohren ablenkte. Er trug auf der Mitte der Nase einen stahlgefaßten Kneifer, aber noch niemand hatte ihn jemals hindurchblicken gesehen, denn zum Lesen nahm Mr. Reeder ihn unweigerlich ab. Sein steifer Hut, eine sogenannte Melone, paßte und paßte auch nicht zu dem fest zugeknöpften Überzieher, der sich über seiner schmalen Brust spannte. Er trug feste, bequeme Schuhe, seine breite Krawatte war fertig gebunden und unter dem Kragen mit einer Schnalle befestigt. Das eleganteste Zubehör Mr. Reeders war sein Regenschirm, der so eng zusammengerollt war, daß man ihn für einen Spazierstock hätte halten können. Ob Regen oder Sonnenschein, dieser Schirm, der niemals aufgespannt worden war, hing stets an seinem Arm.

Inspektor Holford, der nun auf einen höheren Posten berufen worden war, wartete in dem altmodischen Büro auf seinen Nachfolger, um ihn in sein Amt einzuführen.

»Ich freue mich, Sie kennenzulernen, Mr. Reeder. Ich hatte zwar noch nicht das Vergnügen, Sie zu sehen, aber ich habe schon viel von Ihnen gehört. Sie haben bisher für die Bank von England gearbeitet, nicht wahr?«

Mr. Reeder flüsterte, daß er diese Ehre gehabt hatte, und seufzte schwer, als ob er den Schicksalsschlag bedauerte, der ihn aus der Verborgenheit seiner früheren Arbeit herausgezerrt hatte. Mr. Holford betrachtete ihn forschend voller Besorgnis.

»Na ja«, meinte er etwas verlegen, »diese Tätigkeit hier ist natürlich ganz anders. Ich habe aber gehört, daß Sie einer der am besten informierten Leute von London sind, und so wird Ihnen die Arbeit sicher leicht fallen. Bisher hatten wir ja noch niemals einen Außenseiter – ich will sagen, einen Privatdetektiv – in diesem Amt gehabt, und natürlich ist der Yard ein bißchen . . .«

»Ich verstehe«, murmelte Mr. Reeder und hängte seinen tadellos zusammengerollten Schirm an den Garderobenständer.

»Das ist auch ganz natürlich. Ich weiß, daß Mr. Bolond mit dieser Ernennung gerechnet hatte. Und seine Frau ist sehr aufgebracht. Aber sie hat gar keinen Grund dazu. Sie ist eine sehr ehrgeizige Frau, und sie ist zu einem Drittel Teilhaberin an einem Westend-Tanzklub, in dem wahrscheinlich in den nächsten Tagen eine Razzia durchgeführt werden wird.«

Holford stutzte. Dies war eine Neuigkeit, von der bisher nur gerüchteweise beim Yard geraunt worden war.

»Woher, zum Teufel, wissen Sie das?« stieß er hervor.

Mr. Reeders Lächeln war eine Bitte um Entschuldigung.

»Man schnappt hier und da gelegentlich Informationen auf«, antwortete er bescheiden. »Sehen Sie, ich habe gewissermaßen eine Nase dafür – das ist Veranlagung.«

Holford tat einen tiefen Atemzug. »Aha! Und nun zum Ealing-Fall«, fuhr er fort. »Da gibt's nicht mehr viel zu tun, die Sache ist ganz klar. Green ist ein ehemaliger Sträfling. Während des Krieges fand er eine Stellung bei der London Scottish Midland Bank und hat sich allmählich bis zum Filialdirektor hochgearbeitet. Er hat sieben Jahre wegen Fälschung gesessen.«

»Unterschlagung und Fälschung«, ergänzte Mr. Reeder.

»Ich – hm – ich war damals der Hauptzeuge gegen ihn. Bankvergehen sind immer eine – hm – eine Art Hobby von mir gewesen. Green ist damals durch Geldverleiher in Schwierigkeiten geraten. Dumm – außerordentlich dumm! Und er hat es nicht einmal zugegeben!« Mr. Reeder seufzte. »Armer Bursche! Aber jetzt geht es um seinen Kopf, und schon deswegen sollte man ihm seine früheren, bedauerlichen Streiche verzeihen.«

Der Inspektor starrte den Neuen verwundert an.

»Was heißt hier ›armer Bursche‹? Er hat hunderttausend Pfund auf die Seite gebracht und die schwachsinnigste Ausrede gebraucht, die ich je gehört habe. Lesen Sie mal die Vernehmungsprotokolle nach. Zugegeben – die Schrammen in Mallings Hand sind merkwürdig, in der anderen Handfläche waren auch noch welche. Aber sie sind nicht tief genug, daß man an einen Kampf denken könnte. Und was das Märchen betrifft, das Green uns aufgetischt hat . . .«

Mr. Reeder nickte bekümmert.

»Die Geschichte war nicht sehr einfallsreich«, gab er fast bedauernd zu. »Wenn ich mich recht entsinne, lautete sie etwa so: Green war von einem Mann, mit dem er zusammen in Dartmoor gesessen hatte, wiedererkannt worden; der schrieb ihm einen Erpresserbrief, in dem er eine Unsumme Geld verlangte. Falls Green nicht zahlen wollte, würde er auspacken. Green besaß nicht im entferntesten so viel Geld und hätte es unterschlagen müssen. Da er aber nicht wieder zum Verbrecher werden wollte, schrieb er einen Brief an das Direktorium der Bank, in dem er den ganzen Sachverhalt klarlegte und um seine Entlassung bat. Diesen Brief und die Schlüssel zur Stahlkammer verwahrte er in seinem Schreibtisch und hinterließ diesbezüglich eine Mitteilung für den Hauptkassierer. Green wollte London verlassen und versuchen, irgendwo ein neues Leben zu beginnen.«

»Es war aber kein Brief da, weder in noch auf dem Schreibtisch, und auch keine Schlüssel«, sagte der Inspektor entschieden. »Das einzig Wahre an der ganzen Geschichte ist, daß Green im Kittchen gewesen ist.«

»Gefängnis!« verbesserte Mr. Reeder gepeinigt. Er hatte einen wahren Abscheu vor einer vulgären Ausdrucksweise. »Ja, das stimmt.«

Nachdem er wieder allein war, führte er ein langes Gespräch über sein Privattelefon mit der jungen Dame in seinem früheren Büro, die immer noch einen jugendlichen Eindruck machte, obwohl die Zeit nicht sehr glimpflich mit ihr umgegangen war. Der Rest des Vormittags war dem Lesen der Akten gewidmet, die sein Vorgänger auf dem Schreibtisch gestapelt hatte.

Es war schon später Nachmittag, als der Staatsanwalt in das Büro geschlendert kam und wohlwollend den großen Aktenstoß betrachtete, durch den sein Untergebener sich hindurcharbeitete.

»Was lesen Sie gerade? Den Fall Green?« erkundigte er sich. »Schön, daß Sie sich dafür interessieren, obwohl die ganze Angelegenheit doch wohl ziemlich eindeutig ist. Übrigens habe ich einen Brief vom Präsidenten der London Scottish Midland Bank bekommen; er scheint aus irgendeinem Grund zu glauben, daß Mr. Green die Wahrheit gesagt hat.«

Mr. Reeder blickte mit jenem schmerzlichen Ausdruck auf, der sich jedesmal auf seinem Gesicht zeigte, wenn ihn irgend etwas überraschte.

»Ich lese hier gerade das Protokoll des Polizeibeamten Burnett. Vielleicht können Sie, Herr Staatsanwalt, mir noch einige Aufklärungen dazu geben. Burnett schreibt ... Aber am besten lese ich Ihnen den Absatz einmal vor:

›... Kurze Zeit, bevor ich auf meiner Runde an der Bank vorbeikam, beobachtete ich, daß ein Mann an der Ecke der Pell Street stand. Ich konnte ihn deutlich im Scheinwerferlicht eines vorbeifahrenden Autos sehen. Ich legte seiner Gegenwart an diesem Platz keine Bedeutung bei, er fiel mir nur auf, weil außer ihm keine Fußgänger auf der Straße waren. Dieser Mann hätte um den Häuserblock herum zur Firling Avenue 120 gehen können, ohne von mir bemerkt zu werden. Im gleichen Augenblick stieß ich mit dem Fuß an einen harten Gegenstand, bückte mich, knipste meine Lampe an und fand ein altes Hufeisen, das ich einsteckte. Als ich wieder aufschaute, war der Mann verschwunden ...‹« Mr. Reeder blickte hoch.

»Na – und?« fragte der Staatsanwalt. »Was finden Sie dabei so interessant? Der Mann an der Ecke war vermutlich Green, der um den Häuserblock herumlief und hinter dem Rücken des Polizeibeamten die Bank betrat.«

Mr. Reeder rieb gedankenvoll sein Kinn.

»Jaa«, sagte er gedehnt, »jaaa.« Er rutschte unbehaglich auf seinem Stuhl herum. »Würde man es wohl als ungehörig ansehen, wenn ich – unabhängig von der Polizei – auch noch einige Ermittlungen durchführte?« fragte er zögernd. »Es wäre mir sehr peinlich, wenn die Polizei Anstoß daran nähme, daß ein Dilettant die Nase in ihre Angelegenheiten stecken will.«

»Ermitteln Sie, soviel Sie wollen«, antwortete der Staatsanwalt zuvorkommend. »Gehen Sie nach unten und sprechen Sie mit dem Beamten, der den Fall bearbeitet. Es ist weder ungehörig noch ungewöhnlich, wenn einer meiner Beamten auf eigene Faust Nachforschungen anstellt. Aber ich glaube kaum, daß Sie etwas Neues ausfindig machen werden, Scotland Yard hat schon sehr gut vorgearbeitet.«

»Dürfte ich auch mit dem Untersuchungsgefangenen sprechen?«

»Mit Green? Aber natürlich. Ich lasse Ihnen den Erlaubnisschein gleich ausstellen.«

Es dämmerte schon, und vom düsteren Himmel strömte der Regen, als Mr. Reeder, seinen zusammengerollten Regenschirm am Arm hängend, den Mantelkragen hochgeschlagen, durch das dunkle Tor des Brixton-Gefängnisses ging und zu der Zelle geführt wurde, in der ein völlig verzweifelter Mann saß, der hoffnungslos die Wand anstarrte.

»Ich habe die Wahrheit gesagt, wirklich nur die Wahrheit!« Green schluchzte fast. Er war ein Mann von blasser Gesichtsfarbe, mit spärlichem Haarwuchs und einem kleinen Schnurrbart, der schon grau wurde. Reeder, der ein hervorragendes Gedächtnis hatte, erkannte ihn sofort wieder.

Auch Green erinnerte sich jetzt. »Sie haben mich doch damals gefaßt. Aber ich schwöre Ihnen, daß ich mir seitdem niemals mehr habe etwas zuschulden kommen lassen. Ich habe keinen Penny angerührt, der mir nicht gehörte ... Was wird nur mein armes Mädchen von alledem denken ...«

»Sind Sie verheiratet?« fragte Mr. Reeder mitleidig.

»Noch nicht, aber ich wollte gerade heiraten. Ziemlich spät, nicht wahr? Magda ist fast dreißig Jahre jünger als ich, und sie ist das wundervollste Mädchen ...«

Reeder lauschte auf den Lobgesang, der nun folgte, und der melancholische Ausdruck auf seinem Gesicht vertiefte sich mehr und mehr.

»Gott sei Dank ist sie nicht bei der Verhandlung gewesen, aber sie weiß, was vorgefallen ist. Ein Freund hat mir erzählt, daß sie vollständig gebrochen ist.«

»Arme Seele!« Mr. Reeder schüttelte bedauernd den Kopf.

»Und ausgerechnet an ihrem Geburtstag ist alles passiert«, fuhr Green bitter fort.

»Hat sie schon gewußt, daß Sie London verlassen wollten?«

»Ja, ich hatte es ihr am Abend vorher gesagt. Ich will sie aber keinesfalls in die Sache mit hineinziehen. Es wäre etwas anderes, wenn wir schon offiziell verlobt wären, aber sie ist noch nicht geschieden. Übrigens nennt sie sich wieder Miss. Jedenfalls durfte niemand von unserer Verlobung etwas wissen, und deshalb bin ich auch nicht sehr oft mit ihr zusammengewesen, obwohl wir beide in derselben Straße wohnen.«

»In der Firling Avenue?« fragte Reeder, und Mr. Green nickte.

»Sie wurde als Siebzehnjährige mit einem brutalen Mann verheiratet. Für mich war es nicht einfach, unsere Verlobung geheimzuhalten – sie hat so viele Verehrer, und ich mußte den Mund halten und durfte die aufdringlichen Kerle nicht zum Teufel jagen. Und was das für Männer waren – sogar Burnett, der Idiot, der mich verhaftet hat, war hinter ihr her. Er hat ihr sogar Gedichte geschickt. Hätten Sie so etwas bei einem Polizeibeamten für möglich gehalten?«

Polizei und Poesie schienen Green nicht recht zueinander zu passen, aber Mr. Reeder fand nichts Besonderes dabei.

»In jedem Menschen steckt ein Fünkchen Poesie, Mr. Green«, sagte er freundlich, »und ein Polizeibeamter ist auch nur ein Mensch.«

Doch obwohl Mr. Reeder eben noch so leicht darüber hinweggegangen war, beschäftigte ihn der Gedanke an den poetischen Ordnungshüter noch auf dem ganzen Heimweg und ließ ihn auch für den Rest des Abends nicht mehr los.

Am nächsten Morgen um acht Uhr – die Welt schien nur von Milchwagen und pfeifenden Zeitungsjungen bevölkert zu sein – bog Mr. Reeder in die Firling Avenue ein.

Er warf einen Blick auf die Bank, dann ging er die breite Straße hinunter. Zu beiden Seiten lag eine Reihe hübscher Villen – hübsch, obwohl alle eine etwas ermüdende Ähnlichkeit aufwiesen: Jedes Häuschen hatte einen kleinen Vorgarten, der manchmal nur ein einfacher Rasenplatz, manchmal mit Blumen bepflanzt war. Greens Haus war Nr. 18 auf der rechten Seite. Dort hatte er mit einer Haushälterin gewirtschaftet, und augenscheinlich hatte diese für Blumen nicht viel übrig gehabt, denn Greens Vorgarten sah ziemlich verwahrlost aus. Mr. Reeder ging weiter bis Nr. 26, dann blieb er stehen und blickte mit mildem Interesse auf die blauen Sonnenblenden, die alle Fenster verdeckten. Offensichtlich war Miss Magda Grayne, die hier wohnte, eine Blumenfreundin, denn unter jedem Fenster hingen Blumenkästen mit leuchtenden Geranien. Inmitten des Rasenplatzes vor dem Haus war ein Blumenrondell, aber der einzige Rosenstock, der darin stand, ließ seine Blätter welk und vertrocknet herabhängen. Als Reeders Blick eines der oberen Fenster streifte, wurde gerade die Sonnenblende in die Höhe gezogen, und er bemerkte hinter den weißen Gardinen eine Gestalt. Mr. Reeder schritt eilig davon, bis er zu einer Gärtnerei am Ende der Straße kam. Hier blieb er lange Zeit gedankenversunken stehen; seine Arme hatte er auf den Zaun gelegt, und seine Augen starrten ausdruckslos auf die Treibhäuser. Er verharrte so lange in dieser Stellung, bis einer der Gärtner, in der Meinung, einen Kunden vor sich zu sehen, ihn nach seinen Wünschen fragte.

»Was ich wünsche? Eine ganze Menge!« seufzte Mr. Reeder, drehte dem Mann, der ihm entrüstet nachblickte, den Rücken, und ging denselben Weg zurück. Vor Nr. 26 machte er Halt, öffnete das kleine Gittertor und ging durch den Vorgarten auf die Haustür zu. Auf sein Klopfen öffnete ein Hausmädchen und führte ihn in das Wohnzimmer.

Der Raum machte keinen behaglichen Eindruck, er sah aus, als ob er nur provisorisch ausgestattet worden war. Ein paar Korbstühle, ein Tisch und ein kleiner Teppich bildeten die gesamte Einrichtung. Reeder hörte jetzt Schritte im Raum darüber, Füße, die auf blanken Dielen gingen. Dann öffnete sich die Tür, und eine junge Frau trat ein. Auf ihrem hübschen, wenn auch etwas gewöhnlichen Gesicht, lag ein Ausdruck von Kummer, es war blaß und abgehärmt. Ihre Augen waren gerötet, als ob sie gerade geweint hatte.

Reeder erhob sich und fragte: »Miss Magda Grayne?«

Die junge Frau nickte. »Kommen Sie von der Polizei?« erkundigte sie sich hastig.

»Nicht direkt von der Polizei«, antwortete Mr. Reeder vorsichtig. »Ich habe eine – hm – Stellung im Büro des Staatsanwaltes, die ähnlich, aber doch auch wieder verschieden von der eines Polizeibeamten ist.«

Miss Grayne runzelte die Stirn.

»Ich habe mich schon gewundert, daß noch niemand bei mir war«, sagte sie. »Hat Mr. Green Sie geschickt?«

»Mr. Green hat mir zwar von Ihnen erzählt, aber hat mich nicht hergeschickt.«

In ihrem Gesicht zeigte sich für einen flüchtigen Augenblick ein Ausdruck, der Reeder stutzig machte. Ein ungeübtes Auge hätte die Veränderung nicht bemerkt.

»Ich habe schon darauf gewartet, daß jemand kommen würde.« Sie seufzte. »Warum hat Green das nur getan!«

»Sie glauben, daß er schuldig ist?«

»Die Polizei glaubt es doch. Ich wünschte bei Gott, ich hätte diesen – diesen Platz niemals gesehen!«

Mr. Reeder gab keine Antwort. Seine Augen wanderten durch das Zimmer. Auf dem Bambustisch stand eine alte Vase, die mit gelben Chrysanthemen von wunderbarer Schönheit gefüllt war. Und mitten in dieser Pracht stand eine einzige große Marguerite, die das verlassene Aussehen eines einfachen Menschen hatte, der versehentlich in vornehme Gesellschaft geraten ist.

»Sie lieben Blumen wohl sehr?« murmelte er.

Miss Grayne warf einen gleichgültigen Blick auf die Vase.

»Ich mag Blumen ganz gern«, antwortete sie. »Das Mädchen hat sie da hingestellt. – Glauben Sie, daß Green gehängt werden wird?«

Die Brutalität dieser Frage, die so abrupt gestellt wurde, machte Reeder für einen Augenblick fassungslos.

»Die Lage ist sehr ernst«, erwiderte er dann und fügte hinzu: »Haben Sie eine Fotografie von Mr. Green?«

Sie nickte und fragte stirnrunzelnd: »Wollen Sie sie sehen?«

Als Reeder bejahte, ging sie hinaus.

Kaum hatte Miss Grayne das Zimmer verlassen, als Reeder schon am Tisch stand und die Blumen aus der Vase nahm. Sie waren unordentlich mit einem Faden zusammengebunden, und es fiel ihm auf, daß die Stengel nicht abgeschnitten, sondern abgepflückt waren. Unter dem Faden war ein Papier, eine Seite aus einem Notizbuch; die roten Linien waren noch deutlich zu erkennen, die Schrift aber war unleserlich geworden.

Als Mr. Reeder die Schritte Miss Graynes vor der Tür hörte,

stopfte er den Strauß hastig in die Vase zurück und stand schon am Fenster, als die junge Frau hereinkam. Er bedankte sich und nahm die Fotografie, die auf der Rückseite eine zärtliche Widmung trug.

»Sie sind verheiratet, wie er mir erzählt hat?«

»Ja, aber ich stehe kurz vor der Scheidung«, erklärte sie zurückhaltend.

»Wohnen Sie schon lange hier?«

»Etwa drei Monate«, war die Antwort. »Green wollte, daß ich hierher ziehe.«

Reeder betrachtete wieder die Fotografie.

»Kennen Sie den Polizeibeamten Burnett?«

Eine Röte überflog ihr Gesicht und verschwand wieder.

»Und ob ich den Idioten kenne!« rief Miss Grayne unbeherrscht und fuhr dann in ruhigerem Ton – sie hatte erkannt, daß sie sich keineswegs damenhaft benommen hatte – fort: »Mr. Burnett ist reichlich sentimental veranlagt, und ich kann solche Leute nicht ausstehen, ganz besonders, wenn sie ... Na, sie verstehen, Mr. ...«

»Reeder«, sagte er.

»Sie werden begreifen, Mr. Reeder, daß eine junge Frau in meiner Situation derartige Aufmerksamkeiten gar nicht schätzt.«

Reeder blickte sie scharf an. Ihr Kummer und ihre Verzweiflung waren zweifellos echt. Mr. Reeder war in der Beurteilung von Physiognomien eine große Autorität.

»Es ist besonders tragisch, daß alles an Ihrem Geburtstag geschehen ist«, begann er wieder. »Sie sind doch am siebzehnten Oktober geboren. Sind Sie Engländerin?«

»Ja«, antwortete sie kurz. »Ich bin in Walworth – äh, in Wallington geboren. Ich habe früher da gelebt.«

»Wie alt sind Sie?«

»Dreiundzwanzig.«

Mr. Reeder nahm den Kneifer ab und polierte die Gläser mit seinem großen seidenen Taschentuch.

»Die ganze Sache ist sehr traurig. Aber ich bin doch froh, daß ich Gelegenheit hatte, mit Ihnen zu sprechen, Miss Grayne. Ich kann mich sehr gut in Ihre Lage hineindenken.«

Mit diesen nichtssagenden Worten nahm er von ihr Abschied. Miss Grayne begleitete ihn zur Tür und sah Mr. Reeder plötzlich mitten auf der Straße stehenbleiben und etwas aufheben. Verwundert erkannte sie, daß dieser Mann in mittleren Jahren das Hufeisen betrachtete, das sie selbst am vorhergehenden Abend zum Fenster hinausgeworfen hatte. Mr. Reeder steckte das verrostete Stück Eisen in die Rocktasche und machte sich noch einmal auf den Weg zur Gärtnerei.

Auf dem Polizeirevier traf gerade die Wachablösung ein, als Mr. Reeder bescheiden den Raum betrat und dem diensthabenden Inspektor seine Ausweise vorlegte.

»Ach ja, Mr. Reeder«, begrüßte ihn dieser zuvorkommend. »Die Staatsanwaltschaft hat Sie schon angemeldet. Ich glaube übrigens, ich hatte schon einmal das Vergnügen, mit Ihnen zusammenzuarbeiten – das war vor ein paar Jahren bei der großen Fälscheraffäre. Was kann ich für Sie tun? Burnett? Ja, er ist gerade hier.« Er rief den Namen, und ein junger, gut aussehender Beamter trat hinzu.

»Dies ist der Mann, der den Toten gefunden hat. Burnett ist schon zur Beförderung vorgeschlagen«, stellte der Inspektor ihn vor. »Burnett, Mr. Reeder kommt von der Staatsanwaltschaft und möchte ein paar Worte mit Ihnen sprechen. Vielleicht gehen Sie in mein Privatbüro.«

Der junge Beamte grüßte und folgte Mr. Reeder in den Nebenraum. Er war ein selbstbewußter junger Mann; sein Name und sein Bild waren in den Zeitungen erschienen, die Beförderung war ihm sicher, und vor seinen Augen lag eine aussichtsreiche Zukunft.

»Man hat mir erzählt, Burnett, Sie wären so eine Art Dichter«, begann Mr. Reeder.

Burnett errötete. »Ja, Sir, ab und zu«, gestand er.

»Liebesgedichte natürlich?« fragte Reeder freundlich. »Während des Nachtdienstes hat man für solche – hm – Sachen schon Zeit. Und nichts inspiriert so sehr wie – hm – die Liebe ... Stimmt doch?«

Burnetts Gesicht wurde flammendrot.

»Hin und wieder habe ich mal in der Nacht geschrieben, Sir, aber ich habe niemals meine Pflicht vernachlässigt.«

»Selbstverständlich nicht«, murmelte Reeder. »Sie sind ein Romantiker. Es war ein romantischer Gedanke, Blumen um Mitternacht zu pflücken ...«

»Der Gärtner hat mir erlaubt, Blumen zu pflücken«, unterbrach Burnett hastig. »Ich habe nichts Unrechtes getan.«

Reeder nickte zustimmend.

»Ich weiß. Sie haben die Blumen im Dunkeln gepflückt – daher haben Sie versehentlich mit den Chrysanthemen eine Marguerite erwischt. Dann haben Sie ein kleines Gedicht um die Stengel gewickelt und den Strauß mit einem glückbringenden – hm – Hufeisen vor die Haustür gelegt. Ich hatte mir schon den Kopf zerbrochen, was aus dem Hufeisen, das Sie in Ihrem Rapport erwähnten, geworden war.«

»Ich habe die Blumen hinaufgeworfen, in das Fenster der Dame«, erklärte der junge Mann, der sich sehr unbehaglich fühlte. »Wirklich, der Gedanke kam mir erst, als ich schon an ihrem Haus vorbei war.«

Mr. Reeders Gesicht wurde aufmerksam.

»Das ist es, was ich bestätigt haben wollte«, meinte er leichthin. »Der Gedanke, Blumen in das Fenster zu werfen, kam Ihnen also erst, als Sie bereits an ihrem Haus vorbei waren. Erst das Glückshufeisen hat Sie darauf gebracht. Sie gingen also wieder zurück, pflückten die Blumen, banden sie mit dem kleinen Gedicht, das Sie schon geschrieben hatten, zusammen und warfen sie auf das Fensterbrett von – es ist wohl unnötig, den Namen der Dame zu erwähnen.«

Burnetts Gesicht war sehenswert.

»Ich kann mir nicht vorstellen, wie Sie das herausgebracht haben, Mr. Reeder, aber so ist es tatsächlich gewesen. Sollte ich etwas Unrechtes getan haben ...«

»Es ist kein Unrecht, sich zu verlieben«, beruhigte Mr. Reeder den jungen Mann. »Die Liebe soll ein sehr schönes Erlebnis sein, ich habe das oft gelesen.«

*

Am Nachmittag hatte Miss Magda Grayne sich zum Ausgehen angekleidet und setzte gerade den Hut auf, als sie bei einem Blick durchs Fenster den merkwürdigen Besucher vom Vormittag auf ihre Haustür zukommen sah. Hinter ihm erkannte sie den Kriminalbeamten, der den Fall Green bearbeitete. Das Dienstmädchen war ausgegangen; niemand konnte ins Haus kommen, falls sie nicht selbst die Tür öffnete. Miss Grayne verbarg sich hinter den Vorhängen und blickte nach rechts und links – ja, da stand das Auto, das gewöhnlich von derartigen Besuchern benutzt wurde. Neben dem Fahrer saß noch ein Mann, allem Anschein nach auch ein ›Geheimer‹. Miss Grayne schlug die Bettdecke zurück, zog ein flaches Paket Banknoten unter dem Kopfkissen hervor, steckte das Geld hastig in ihre Handtasche und schlich auf Zehenspitzen in das leere Hinterzimmer. Dort öffnete sie das Fenster, sprang auf das flache Dach der angebauten Küche und war eine Minute später im Garten hinter dem Haus. Sie schlich sich durch das Gartentürchen, lief eilig den schmalen Gang an der Rückseite der Villen hinunter und war schon in der High Street in einen Autobus eingestiegen, bevor Mr. Reeder zu der Einsicht kam, daß sein Klopfen vergeblich war.

Mr. J. G. Reeder sah Miss Grayne niemals wieder.

Der Staatsanwalt wünschte Mr. Reeder noch am gleichen Abend zu sehen und seinen Bericht zu hören.

»Green, der wegen seiner besonderen Fähigkeiten über die Köpfe älterer Kollegen hinweg zu seiner verantwortungsvollen Stellung befördert worden war, hat tatsächlich im Gefängnis gesessen. Er hatte die Wahrheit gesagt, als er erklärte, von einem ehemaligen Mithäftling einen Erpresserbrief erhalten zu haben. Der Name dieses Erpressers war Arthur George Crater – alias Malling.«

»Was, Malling, der Nachtwächter?« rief der Staatsanwalt verblüfft.

Mr. Reeder nickte.

»Ja, Sir, der Nachtwächter war der Erpresser, und seine Tochter sollte ihm bei seinem schmutzigen Geschäft helfen. Magda

Crater wurde in Walworth geboren, wie sie auch versehentlich zugegeben hatte; dann verbesserte sie sich zwar schnell in Wallington, aber es war ihr schon entschlüpft. Übrigens kann man häufig feststellen, daß Leute, die sich einen falschen Namen zulegen, vergessen, auch ihren Vornamen zu ändern. Der Vorname ›Magda‹ war leicht zu identifizieren.

Malling hatte den Bankraub sorgfältig vorbereitet. Zunächst erschlich er sich den Posten eines Nachtwächters bei der Bank, dann brachte er seine Tochter unter falschem Namen nach Ealing, wo sie die Bekanntschaft des Bankdirektors machen sollte. Magda sollte sich in Greens Vertrauen einschleichen, vielleicht sollte sie auch Abdrücke der Tresorschlüssel beschaffen. Malling muß völlig perplex gewesen sein, als er in dem Bankdirektor einen ehemaligen Mithäftling erkannte, etwas Besseres zur Durchführung seiner Pläne konnte ihm gar nicht passieren. Es war für Malling eine Kleinigkeit, alles so zu arrangieren, daß der Verdacht für den Bankraub auf Mr. Green fallen mußte. Mallings Tochter sollte die Rolle einer Frau spielen, die in Scheidung lebt und daher nach außen hin noch keine neue Bindung eingehen kann. Malling war sich natürlich klar darüber, daß unter keinen Umständen der Name seiner Tochter mit Green in Verbindung gebracht werden durfte – er befürchtete, daß man ihm dann doch vielleicht auf die Spur kommen könnte.

Die Nacht des 17. Oktober war für den Raub vorgesehen. Mallings Plan, den Bankdirektor loszuwerden, war geglückt, sein Erpresserbrief hatte Green in panische Angst versetzt. Malling fand Greens Nachricht an den Hauptkassierer, las sie, erfuhr dadurch von Greens Brief an den Präsidenten der Bank und eignete sich diesen und die Schlüssel an. Allerdings waren die Schlüssel nicht wichtig für ihn, da er mit Sicherheit über Nachschlüssel verfügte. Er entnahm dem Tresor so viel Geld wie er nur tragen konnte, eilte nach Hause in die Firling Avenue und vergrub seine Beute inmitten des Blumenrondells unterhalb des Rosenstocks. Ich hatte mir gleich gedacht, daß irgendeine Schandtat das Wachstum des unglücklichen Strauches unterbrochen hatte, als ich die verdorrten Blätter sah. Hoffentlich erholt die Pflanze sich wieder.«

»Ja, ja«, sagte der Staatsanwalt zerstreut, da er im Augenblick für Blumenzucht nicht das geringste Interesse aufbringen konnte.

»Als Malling den Rosenstock hastig wieder einpflanzte, zerkratzte er sich an den Dornen die Hände. Dann eilte er zur Bank zurück und wartete, bis der Polizeibeamte Burnett auf seiner Streife die Bank passierte. Malling hatte die Kanne mit dem Chloroform, die Hand- und Fußfesseln schon vorbereitet und wartete an der Straßenecke, bis er Burnetts Lampe aufblitzen sah. Nun ging er in die Bank hinein, hängte die Kanne auf, legte den Wattebausch auf sein Gesicht und fesselte sich selbst. Er erwartete, daß der Beamte jeden Augenblick hereinkommen und ihn retten würde, denn der erloschene Scheinwerfer über der Tresortür mußte ihn ja alarmieren. In der kurzen Zeit hätte das heruntertropfende Chloroform Malling keinen Schaden zufügen können.

Aber Burnett hatte sich in Mallings Tochter verliebt, die vermutlich von ihrem Vater den Auftrag erhalten hatte, Burnett gegenüber so nett wie möglich zu sein. Dieser poetisch veranlagte junge Mann wußte, daß Magda an diesem Tag Geburtstag hatte. Als er auf seinem Weg das alte Hufeisen fand, kam er auf den Einfall, noch einmal umzukehren, in der Gärtnerei ein paar Blumen zu pflücken, und den Strauß mitsamt dem Hufeisen der Dame seines Herzens sozusagen zu Füßen zu legen. Ein wirklich poetischer Gedanke und im Einklang mit den besten Traditionen der städtischen Polizei. Das alles dauerte natürlich einige Zeit, und während der junge Mann seinen verliebten Träumen nachhing, starb Arthur Malling. Er muß schon nach wenigen Sekunden bewußtlos gewesen sein und konnte nicht mehr verhindern, daß das Chloroform immer weiter auf sein Gesicht tropfte. Als der Polizeibeamte zehn Minuten später als gewöhnlich an der Bank vorbeikam, war Arthur Malling schon tot.«

Der Staatsanwalt lehnte sich in seinen Sessel zurück und starrte seinen neuen Untergebenen stirnrunzelnd an.

»Wie, zum Kuckuck, haben Sie das alles nur herausgefunden?« fragte er erstaunt.

Mr. Reeder schüttelte nachdenklich den Kopf.

»Ich habe ein Gefühl dafür«, gestand er. »Ich wittere Verbrechen . . . bei sterbenden Rosenstöcken, bei Hufeisen und sogar in der Poesie. Es ist wohl eine Fähigkeit des Unterbewußtseins, die dann vom Verstand aufgenommen und verarbeitet wird.«

»Also sozusagen Ihr sechster Sinn!« schloß der Staatsanwalt.

DIE SCHATZGRÄBER

In Verbrecherkreisen herrscht die festverwurzelte Überzeugung, daß auch der unbedeutendste Kriminalbeamte ein reicher Mann ist und daß er sich sein Vermögen durch Diebstahl, Bestechung und Erpressung verschafft hat. Das Hauptthema allen Klatsches in den Steinbrüchen, den Schneiderwerkstätten, den Wäschereien und Bäckereien von fünfzig Gefängnissen und drei Zuchthäusern ist, daß alle höheren Kriminalbeamten durch schändliche Mittel genügend irdische Schätze aufgehäuft haben, um ihren Liebhabereien zu leben, und daß ihr amtlicher Hungerlohn nur den kleinsten Teil ihres Einkommens darstellt.

Da Mr. J. G. Reeder seit mehr als zwanzig Jahren ausschließlich mit Bankräubern und Fälschern zu tun gehabt hatte, also mit den Aristokraten und Kapitalisten der Unterwelt, hatte die Fama ihm Landhäuser und enorme geheime Kapitalien angedichtet. Natürlich glaubte niemand, daß er sein Geld auf der Bank habe. Jeder wußte, daß Reeder viel zu gerissen war, um eine Entdeckung durch seine vorgesetzte Behörde zu riskieren. Nein, das Vermögen lag irgendwo versteckt – und es war der Lieblingstraum von Hunderten außerhalb des Gesetzes lebender Menschen, eines Tages diesen Schatz zu heben und damit herrlich und in Freuden zu leben. Der einzige befriedigende Gesichtspunkt bei dieser Sache war – und darin waren sich alle einig –, daß Reeder doch schon ein alter Mann war, er war immerhin über Fünfzig, und daß er sein Geld einmal nicht mitnehmen konnte: Denn Gold schmilzt bei einer bestimmten Temperatur, und mündelsichere Wertpapiere sind sehr selten auf Asbest gedruckt.

Der Erste Staatsanwalt speiste an einem Samstagmittag in Gesellschaft eines Richters von King's Bench in seinem Klub – Samstag ist einer der beiden Tage in der Woche, an denen ein Richter in Ruhe essen kann.

Im Laufe der Unterhaltung kam die Rede auf einen gewissen Mr. J. G. Reeder, den besten Spürhund des Staatsanwaltes.

»Er hat große Fähigkeiten«, gab dieser widerwillig zu, »aber ich kann seinen Hut nicht ausstehen. Es ist so eine Art Hut, wie ihn Mr. Soundso trägt«, der Staatsanwalt nannte den Namen eines bekannten Politikers, »und ich verabscheue seinen schwarzen Überzieher. Die Leute, die ihn ins Büro kommen sehen, denken, er ist ein Beamter des Leichenbeschauers. Reeder ist tüchtig, aber sein Backenbart ist scheußlich, und ich habe das Gefühl, daß er in Tränen ausbrechen würde, wenn ich ihn mal anfahren sollte – so zartbesaitet ist er. Beinahe zu empfindsam für meine Art von Arbeit. Er entschuldigt sich jedesmal beim Büroboten, wenn er nach ihm geläutet hat.«

Der Richter, der die Menschen und ihre Schwächen einigermaßen kannte, antwortete mit einem frostigen Lächeln.

»Nach Ihrer Beschreibung könnte ich ihn für einen möglichen Mörder halten«, sagte er zynisch.

Das war natürlich maßlos übertrieben, und er tat Mr. J. G. Reeder unrecht, denn Mr. Reeder wäre niemals imstande gewesen, das Gesetz zu brechen – ganz sicher nicht. Damals hatten übrigens viele Menschen eine absolut falsche Vorstellung von J. G. Reeders Harmlosigkeit. Einer von ihnen war ein gewisser Lew Kohl, der sich sowohl als Banknotenfälscher wie auch als gewöhnlicher Einbrecher betätigte.

›Bedrohte Menschen leben lange‹, sagt ein abgedroschenes Sprichwort; das ist, wie fast alle Plattheiten, meistens wahr. In sehr vielen Gerichtsverhandlungen hatte J. G. Reeder während seiner Zeugenaussage den unheilvollen Blick des Angeklagten auf sich gefühlt, und er hatte mit freundlichem Interesse die verschiedenen Drohungen gehört, die ihm allerlei für die Zukunft versprachen. Reeder war ein großer Experte auf dem Gebiete der Banknotenfälschung, und er hatte schon vielen Verbrechern zu Zuchthausstrafen verholfen.

Mr. Reeder, dieser friedliche Mann, hatte Gefangene vor Wut schäumen gesehen, er hatte gesehen, wie sie leichenblaß wurden, wenn sie ihm ihre Verwünschungen nachschrien. Und dann hatte er dieselben Menschen nach ihrer Entlassung aus dem Gefängnis wieder getroffen, aber jetzt als liebenswürdige Seelen, halb beschämt und halb amüsiert über ihre fast vergessenen Drohungen.

Als aber eines Tages Lew Kohl zu zehn Jahren verurteilt wurde, stieß dieser keine Verwünschungen aus und erbot sich auch nicht, Herz, Lunge oder andere wichtige Organe aus dem schmächtigen Körper Mr. Reeders herauszureißen.

Lew grinste nur eiskalt, und seine Blicke begegneten denen Reeders für den Bruchteil einer Sekunde – die Augen des Fälschers waren fahlblau und nachdenklich, es lag weder Haß noch Wut in ihnen. Dafür aber verrieten sie ihm: ›Bei der ersten Gelegenheit lege ich dich um!‹

Mr. Reeder verstand die Botschaft und seufzte, denn er verabscheute jede Art von Aufregung, und er war außerordentlich verstimmt über die Ungerechtigkeit, daß man ihn für die Ausübung seiner amtlichen Pflicht haftbar machen wollte.

Inzwischen waren viele Jahre vergangen und hatten beträchtliche Veränderungen in Mr. Reeders Tätigkeit mit sich gebracht. Er war über seinen damaligen Aufgabenbereich, Banknotenfälscher zu entlarven, hinausgewachsen und in das Büro des Staatsanwalts berufen worden, aber niemals vergaß er Lews Grinsen.

Die Arbeit in Whitehall war nicht schwer und interessierte Reeder sehr. Zu ihm kamen fast alle anonymen Briefe, die täglich bei der Staatsanwaltschaft eingehen. In den meisten Fällen erledigten diese Schreiben sich von selbst, denn es gehörte keine große Intelligenz dazu, um hinter ihr Motiv zu kommen. Eifersucht, Bosheit, manchmal auch blanker Unfug oder schmutzige Gewinnsucht waren der Anlaß für die meisten dieser Briefe. Doch hin und wieder kamen auch solche wie dieser:

›Sir James will seine Kusine heiraten, und es sind noch nicht drei Monate verflossen, seit seine Frau bei der Überfahrt nach Calais über Bord fiel. Bei der ganzen Sache stimmt etwas nicht. Seine Kusine Margaret kann ihn nicht leiden, weil sie weiß, daß er hinter ihrem Geld her ist. Warum wurde ich in dieser Nacht nach London geschickt? Außerdem fährt er nachts nicht gern Auto. Wie seltsam, daß er trotzdem in jener Nacht, als es in Strömen regnete, durchaus selbst seinen Wagen fahren wollte.‹

Dieser eigenartige Brief trug die Unterschrift ›Ein Freund‹. Die Justiz hat viele solcher Freunde.

Sir James war Sir James Tithermite, der während des Krieges Direktor irgendeines öffentlichen Amtes gewesen und für seine Verdienste geadelt worden war.

»Überprüfen Sie das mal«, sagte der Chef, nachdem er den Brief gelesen hatte. »Ich glaube mich zu erinnern, daß Lady Tithermite auf See ertrunken ist.«

»Am 19. Dezember des vorigen Jahres«, sagte Mr. Reeder feierlich. »Die Lady und Sir James wollten über Paris nach Monte Carlo reisen. Sir James, der seinen Wohnsitz in der Nähe von Maidstone hat, steuerte selbst sein Auto nach Dover und stellte den Wagen in der Garage des Hotels ›Lord Wilson‹ unter. Die Nacht war ungewöhnlich stürmisch und die Überfahrt sehr beschwerlich. Das Schiff hatte schon mehr als die Hälfte der Strecke zurückgelegt, als Sir James zum Zahlmeister kam und seine Frau als vermißt meldete. Ihr Gepäck war in der Kabine, ebenfalls Reisepaß, Schmuckkassette und ihr Hut. Man durchsuchte das ganze Schiff, es war vergeblich – die Lady wurde nie wieder gesehen.«

Der Direktor nickte zustimmend.

»Ich sehe, Sie haben den Fall schon nachgelesen.«

»Das nicht, aber ich habe ihn genau im Gedächtnis«, entgegnete Mr. Reeder. »Dieser Fall gehört zu meinen Lieblingsproblemen. Unglücklicherweise wittere ich Verbrechen, und ich habe oft darüber nachgedacht, wie leicht es doch gewesen sein muß –, aber ich fürchte, daß ich das Leben von einem falschen Blickwinkel aus sehe. Es ist eine schreckliche Belastung, den Verstand eines Verbrechers zu besitzen!«

Sein Chef betrachtete ihn mißtrauisch. Er war niemals ganz

sicher, ob Reeder im Ernst sprach, aber in diesem Fall schien darüber kein Zweifel zu bestehen.

»Dieser Brief ist natürlich von einem entlassenen Kraftfahrer geschrieben worden«, begann er.

»Thomas Dayford, 179 Barrack Street, Maidstone«, ergänzte Mr. Reeder. »Er ist zur Zeit bei der Kent Motor Bus Company angestellt, verheiratet, drei Kinder, von denen zwei Zwillinge und besonders nette kleine Kerlchen sind.«

Der Chef lachte auf.

»Ich sehe schon, daß Sie alles wissen. Versuchen Sie herauszubekommen, was hinter diesem Brief steckt. Aber gehen Sie mit größter Vorsicht an die Dinge heran, Reeder. Sir James ist ein großer Mann in Kent, er ist Friedensrichter und hat erheblichen politischen Einfluß! Im übrigen bin ich sowieso davon überzeugt, daß dieser anonyme Brief nur dummes Gefasel ist!«

Mr. Reeder hatte seine eigene Ansicht darüber, wie man ›vorsichtig an Dinge herangeht‹. Er fuhr am nächsten Morgen nach Maidstone, fand dort einen Autobus, der am Parkgitter von Elfreda Manor vorbeifuhr, und reiste auf diese Weise bequem und sparsam, den Regenschirm zwischen den Knien, bis er sein Ziel erreicht hatte. Dann ging er durch das Portal von Sir James' Besitz eine gewundene, lange Pappelallee hinauf, bis er in Sicht des grauen Herrensitzes kam.

Auf der Terrasse erblickte er ein junges Mädchen, das in einem tiefen Sessel lehnte und ein Buch auf den Knien hielt; offenbar hatte sie ihn bemerkt, denn sie erhob sich, als er über den Rasenplatz ging und kam eifrig auf ihn zu.

»Ich bin Miss Margaret Letherby – sind Sie von ...?« Sie nannte den Namen einer bekannten Anwaltsfirma, und als Reeder bedauernd jede Verbindung zu diesen Leuchten der Rechtswissenschaft ablehnen mußte, flog ein Schatten der Enttäuschung über ihr Gesicht.

Sie war recht hübsch, hatte einen zarten Teint und ein rundes harmloses Gesicht. »Ich dachte – wollen Sie Sir James sprechen? Er ist in der Bibliothek. Wenn Sie läuten, wird eines der Mädchen Sie zu ihm führen.«

*

Mr. Reeder gehörte nicht zu jener Sorte von Menschen, die sich leicht über etwas wundern, und so sah er auch nichts Unbegreifliches darin, daß ein junges Mädchen mit eigenem Vermögen gegen ihren Willen einen so viel älteren Mann heiraten könnte. Diese Angelegenheit war ihm jetzt klar. Miss Margaret würde jeden willensstarken Mann geheiratet haben, wenn er nur energisch genug darauf bestanden hätte. ›Sogar mich‹, sagte Mr. Reeder zu sich selbst und lächelte ein wenig melancholisch.

Er brauchte nicht mehr zu läuten. In der Haustür stand ein großer, bulliger Mann im Golfanzug. Er hatte langes, helles Haar, das ihm in einer dicken glatten Strähne in die Stirn fiel. Ein lohfarbener Schnurrbart verbarg seinen Mund und streifte mit den Spitzen das lange, eigensinnige Kinn.

»Was gibt's?« fragte er streitsüchtig.

»Ich komme vom Büro des Staatsanwaltes«, murmelte Mr. Reeder. »Ich habe einen anonymen Brief bekommen.« Er ließ den anderen nicht aus den Augen.

»Kommen Sie herein«, knurrte Sir James.

Bevor er ins Haus trat, warf er noch einen schnellen Blick auf das Mädchen und auf die Pappelallee.

»Ich warte auf so einen Narren von Rechtsanwalt«, sagte er und riß die Tür zur Bibliothek auf.

Seine Stimme klang ganz ruhig, und nicht das kleinste Wimpernzucken deutete auf irgendwelches Unbehagen, als Mr. Reeder ihm den Grund seines Besuches erklärte.

»Na und – was soll dieser anonyme Brief bedeuten? Sie nehmen doch keine Notiz von solchem Unsinn, nicht wahr?«

Mr. Reeder deponierte erst sorgfältig seinen Schirm und seinen steifen Hut auf einem Sessel, bevor er ein Schriftstück aus seiner Tasche zog und es Sir James überreichte. Der las es mit gerunzelter Stirn. Spiegelte Mr. Reeder seine lebhafte Phantasie etwas vor, oder wurde der wachsame Blick von Sir James beim Lesen tatsächlich ruhiger? »Dies ist eine Räubergeschichte von jemand, der gesehen hat, daß die Juwelen meiner Frau in Paris zum Verkauf standen«, sagte er. »Das hat gar nichts zu bedeuten. Ich kann über jedes einzelne Schmuckstück meiner armen Frau Rechenschaft ablegen, ich hatte nach jener furchtbaren

Nacht ihren Schmuckkasten mit zurückgebracht. Wer ist denn der verlogene Schurke, der das geschrieben hat? Ich kenne die Handschrift nicht.«

Mr. Reeder war niemals vorher als ein ›verlogener Schurke‹ bezeichnet worden, aber er nahm diese neue Erfahrung mit bewundernswerter Sanftmut hin.

»Ich dachte mir, daß es nicht wahr ist«, meinte er kopfschüttelnd. »Ich habe die Einzelheiten dieses Falles sehr genau überprüft. Sie sind hier am Nachmittag abgefahren . . .«

»Am Abend«, unterbrach ihn der andere brüsk. Er war nicht geneigt, die Sache zu erörtern, aber Mr. Reeders flehender Blick war unwiderstehlich. »Es sind nur achtzig Minuten Fahrt bis Dover. Wir waren um elf Uhr am Pier, fast gleichzeitig mit dem Schiff, und wir gingen sofort an Bord. Ich bekam vom Zahlmeister meinen Kabinenschlüssel und brachte meine Frau und ihr Handgepäck hinein.«

»War die gnädige Frau seefest?«

»Absolut. Es ging ihr ausgezeichnet in jener Nacht. Sie legte sich schlafen, und ich machte noch einen kleinen Spaziergang an Deck . . .«

»Es goß in Strömen, und es herrschte hoher Seegang.« Reeder nickte wie in Übereinstimmung mit dem, was der andere gesagt hatte.

»Ja . . ., sie war seefest. Jedenfalls ist diese Geschichte über die Juwelen meiner armen Frau blanker Unsinn. Sie können das Ihrem Chef sagen, mit meinen besten Empfehlungen.«

Er öffnete die Tür für seinen Besucher, aber Mr. Reeder war noch damit beschäftigt, das Schreiben wegzustecken und seine Sachen zusammenzukramen.

»Sie haben hier einen sehr schönen Besitz, Sir James – ganz herrlich. Ist er sehr groß?«

»Dreitausend Morgen.« Jetzt gab Tithermite sich keine Mühe mehr, seine Ungeduld zu verbergen. »Guten Tag.«

Mr. Reeder ging langsam die Auffahrt hinunter, sein bemerkenswertes Gedächtnis arbeitete.

Er verpaßte den Autobus, den er leicht hätte erreichen können, und schlenderte scheinbar ziellos auf dem Pfad, der an der

Grenze des Besitztums entlanglief. Nach etwa einer Viertelmeile kam er auf einen Seitenweg, der im rechten Winkel abbog und vermutlich die südliche Begrenzung des Grundstücks bildete. An der Ecke stand hinter einem Eisengatter ein altes Pförtnerhaus. Es war in einem bedauernswerten Zustand von Vernachlässigung und Verfall. An vielen Stellen waren die Ziegel vom Dach herabgefallen, die Fenster waren undurchsichtig vor Schmutz oder zerbrochen, und der kleine Garten war von Unkraut und Disteln überwuchert. Jenseits des Gatters führte ein schmaler, verwachsener Pfad zu einer entfernteren Siedlung.

Durch das Geräusch einer klappernden Posttasche aufmerksam gemacht, drehte Reeder sich um und sah einen Postboten sein Rad besteigen.

»Wie heißt das hier?« fragte er ihn.

»Das ist South Lodge, Sir James Tithermites Besitz. Das Pförtnerhaus wird schon lange nicht mehr bewohnt, es steht seit Jahren leer; ich weiß auch nicht, warum. Hier entlang schneidet man ein ziemliches Stück Weg bis zum Ort ab.«

Mr. Reeder wanderte mit ihm bis zum Dorf und holte geschickt aus dieser keineswegs spärlich fließenden Nachrichtenquelle alles Wissenswerte heraus.

»Ja, die arme Dame! Sie war sehr zart, aber sie gehörte zu jener Sorte von kränkelnden Frauen, die manchen gesunden Mann überleben!«

Mr. Reeder stellte aufs Geratewohl eine Frage und hatte höchst unerwartet damit ins Schwarze getroffen.

»Ja, der gnädigen Frau wurde immer schlecht auf Seereisen. Ich weiß das daher, weil ich ihr jedesmal, bevor sie verreiste, eine Flasche von dem Zeug brachte, das manche Leute gegen die Seekrankheit einnehmen. Ich habe eine Menge solcher Flaschen an die Lady geliefert, bis schließlich der Drogist Raikes das Mittel selbst auf Lager hielt. Warten Sie, wie hieß es doch gleich – ach ja, ›Pickers Reisefreund‹. Erst vor ein paar Tagen hat mir Mr. Raikes erzählt, daß er noch ein halbes Dutzend von den Flaschen herumstehen hat, und nicht weiß, was er damit anfangen soll. Kein Mensch hier macht jemals eine Seereise.«

Mr. Reeder spazierte durch das Dorf und vertrödelte seine

kostbare Zeit an den unmöglichsten Stellen, beim Drogisten, beim Eisenwarenhändler, beim Maurermeister. Er bekam noch gerade den letzten Autobus zurück nach Maidstone und erreichte mit viel Glück den letzten Zug nach London.

Am nächsten Tag beantwortete er in seiner vagen Art die Fragen seines Vorgesetzten nur mit den Worten:

»Ja, ich habe mit Sir James gesprochen: ein sehr interessanter Mann.«

Das war an einem Freitag. Der Samstag war gänzlich mit Arbeit ausgefüllt, aber am Sonntag ereignete sich etwas Interessantes.

An diesem schönen Sonntagmorgen stand Mr. Reeder im geblümten Hausrock und mit schwarzen Samtslippern an den Füßen am Fenster seines Hauses in Brockley Road und blickte auf die menschenleere Straße. Die Glocke der Gemeindekirche hatte schon zum Frühgottesdienst geläutet, und kein lebendes Wesen war zu sehen mit Ausnahme einer schwarzen Katze, die auf einem sonnigen Plätzchen auf der obersten Treppenstufe des gegenüberliegenden Hauses lag. Es war halb acht Uhr, und Mr. Reeder hatte schon seit sechs an seinem Schreibtisch gesessen und bei Lampenlicht gearbeitet, denn es war Ende Oktober. Vom Halbrund seines Erkerfensters aus konnte er einen Teil der Lewisham High Road überblicken und hatte Tanners Hill bis zur Eisenbahnbrücke vor sich.

Er ging an seinen Tisch zurück, öffnete eine Packung billigster Zigaretten, steckte sich eine an und paffte ungeschickt. Reeder rauchte wie eine Dame, die das zwar verabscheut, aber glaubt, daß es zum guten Ton gehört.

»Ach du Himmel!« flüsterte Mr. Reeder plötzlich.

Er war wieder ans Fenster zurückgegangen und sah einen Mann aus der Lewisham High Road kommen, die Straße überqueren und schnurstracks auf ›Villa Narzisse‹ zusteuern – dieser heitere Name zierte den Türpfosten von Mr. Reeders Wohnsitz. Dieser hochgewachsene, kräftige Mann mit düsterem gebräunten Gesicht kam jetzt durch die Gartentür.

»Ach du Himmel!« sagte Mr. Reeder noch einmal, als er die Türklingel hörte.

Kurz danach erschien seine Haushälterin.

»Wollen Sie einen Mr. Kohl empfangen, Sir?« fragte sie.

Mr. J. G. Reeder nickte.

Lew Kohl kam ins Zimmer und sah einen Mann in mittleren Jahren vor sich, der mit einem extravaganten Hausrock bekleidet, einen Kneifer auf der Nase, hinter seinem Schreibtisch saß.

»Guten Morgen, Kohl.«

Lew Kohl schaute den Mann an, der ihm zu zehn Jahren Hölle verholfen hatte, und ein tückisches Grinsen verzog seinen Mund.

»Morgen, Mr. Reeder.« Seine Augen streiften die fast leere Schreibtischplatte, auf der Reeders gefaltete Hände ruhten. »Sie haben wohl nicht erwartet, mich zu sehen?«

»Nicht so früh am Morgen«, antwortete Reeder bedächtig, »aber ich hätte daran denken sollen, daß das Frühaufstehen eine der guten Gewohnheiten ist, die einem im Gefängnis beigebracht werden.« Das klang so, als ob er ihm ein Lob für gute Führung aussprechen wollte.

»Ich vermute, Sie können sich vorstellen, warum ich zu Ihnen gekommen bin, wie? Ich vergesse nicht so leicht etwas, Reeder, und ein Mensch in Dartmoor hat genug Zeit zum Grübeln.«

Der ältere Mann zog seine hellen Augenbrauen hoch, und der Stahlkneifer rutschte etwas tiefer.

»Das muß ich schon mal gehört haben.« Er runzelte die Stirn. »Lassen Sie mich überlegen – ach ja, in einem Volksstück natürlich, aber war es in ›Gefesselte Seelen‹ oder im ›Heiratsversprechen‹?«

Er schien wahrhaftig eine Antwort auf diese Frage zu erwarten.

»Das wird hier eine ganz andere Art von Schauspiel geben«, zischte Lew durch die Zähne. »Ich kriege Sie schon noch, Reeder – Sie können das ruhig Ihrem Boß, dem Staatsanwalt, erzählen. Aber ich mache es auf die sanfte Tour, so daß mir kein Mensch etwas nachweisen kann. Und dann gehören alle Ihre Kröten mir, Reeder!«

Selbst ein so intelligenter Mensch wie Kohl glaubte also an das Märchen von Reeders Vermögen.

Reeder lächelte. »Ich würde sie ganz gern selbst behalten, die lieben kleinen Kröten!«

»Sie wissen, was ich meine, denken Sie nur darüber nach. Eines Tages werde ich Sie kaltmachen, und ganz Scotland Yard wird mich dafür nicht schnappen können. Ich habe mir alles genau überlegt . . .«

»Denn man hat in Dartmoor genug Zeit zum Nachdenken«, murmelte Mr. J. G. Reeder aufmunternd. »Wenn Sie so weitermachen, Kohl, werden Sie einer der größten Denker der Welt. Kennen Sie Rodins Meisterwerk – eine wundervolle Skulptur, voller Leben und –«

»Das ist alles.« Lew Kohl stand auf, er grinste noch immer. »Vielleicht werden Sie in ein paar Tagen nicht mehr so heiter sein!«

Reeders Gesicht drückte fast ergreifende Schwermut aus. Sein unordentliches, sandgraues Haar sträubte sich, und die großen Ohren schienen vor Unruhe zu zucken.

Lew Kohls Hand lag auf der Türklinke.

»Wumm!«

Ein dumpfer Knall – etwas zischte an Kohl vorbei, vor seinen Augen erschien ein tiefes Loch in der Wand, und Holz- und Steinsplitter sprühten in sein Gesicht. Mit einem Wutschrei flog er herum.

Mr. Reeder hielt einen schweren Browning mit aufgesetztem Schalldämpfer in seiner Hand und starrte mit offenem Mund auf die Waffe.

»Wie in aller Welt konnte denn das passieren?« fragte er verwundert.

Lew Kohl war unter seiner Bräune grau geworden und zitterte vor Wut und Furcht.

»Sie – Sie Schwein!« keuchte er. »Sie wollten mich abknallen!«

Mr. Reeder starrte ihn über seinen Kneifer hinweg an.

»Du meine Güte! Wie kommen Sie denn darauf? Denken Sie noch immer daran, mich um die Ecke zu bringen, Kohl?«

Kohl rang vergeblich nach Worten, dann riß er die Tür auf, stolperte die Treppe hinunter und war gerade im Begriff, das

Haus zu verlassen, als etwas an ihm vorbeisauste und zu seinen Füßen krachend zersplitterte. Es war eine große Steinvase, die das Fensterbrett von Mr. Reeders Schlafzimmer geziert hatte. Er trat über die Scherben hinweg und stierte nach oben in das überraschte Gesicht von Mr. J. G. Reeder.

»Ich – ich krieg Sie noch!« stammelte er.

»Hoffentlich sind Sie nicht verletzt?« erkundigte sich der Mann am Fenster besorgt. »Das kann passieren. Eines Tages ...«

Als Lew Kohl die Straße hinunterlief, sprach Mr. Reeder noch immer.

Mr. Stan Bride war noch bei seiner Morgenwäsche, als sein Freund und ehemaliger Gefängniskollege in das kleine Zimmer stürzte, das zum Fitzroy Square hinausging. Stan Bride, ein kleiner, stämmiger Mann mit rundem, rotem Gesicht und Doppelkinn, unterbrach seine Tätigkeit und blickte über das Handtuch hinweg auf seinen Besucher.

»Was ist los mit dir?« fragte er scharf. »Du siehst aus, als ob die Polypen hinter dir her sind. Warum bist du schon so früh auf den Beinen?«

Lew erzählte ihm sein Erlebnis, und das joviale Gesicht Brides wurde länger und länger.

»Du armer Idiot!« brach er los. »Mit solchem Blödsinn zu Reeder zu gehen. Bildest du dir vielleicht ein, daß er nicht auf dich gewartet hat? Der wußte doch ganz genau, wann du aus dem Kittchen entlassen worden bist.«

»Auf jeden Fall habe ich ihm Angst gemacht«, entgegnete der andere.

Aber Stan Bride lachte höhnisch.

»Allmächtiger, glaubst du etwa, daß sich der alte Fuchs von dir ins Bockshorn jagen läßt? Wenn der so käsig aussehen würde wie du jetzt, dann könntest du sagen, daß du ihm Angst eingejagt hast. Aber so sieht der nicht aus. Und natürlich hat er absichtlich an deiner Nase vorbeigeschossen, denn wenn er dich hätte treffen wollen, wärst du jetzt eine Leiche. Aber er wollte eben nicht ... Er soll an dich denken – haha – dir hat er jetzt was zum Nachdenken gegeben!«

»Ich möchte bloß wissen, wo er so schnell das Schießeisen hergenommen hat . . .«

Da klopfte es an die Tür, und die beiden Männer sahen sich beunruhigt an.

»Wer ist da?« fragte Bride, und eine bekannte Stimme antwortete.

»Es ist der Blaue von Scotland Yard«, flüsterte Bride und öffnete die Tür.

Der ›Blaue‹ war Sergeant Allford, ein gemütlicher, stattlicher Mann und ein vielversprechender Kriminalbeamter.

»Morgen, Jungens – nanu, nicht in der Kirche, Stan?«

Stan grinste höflich.

»Wie geht's Geschäft, Lew?«

»Nicht schlecht.« Der Fälscher war auf der Hut und blickte den Sergeant mißtrauisch an.

»Möchte Sie mal wegen eines Schießeisens sprechen – ich hab so eine Ahnung, daß Sie eins dabeihaben, Lew . . . Ein Colt Automatic R. 7/94318. Revolver sind hier unerwünscht, Lew.«

»Ich habe keinen Revolver«, sagte Lew verdrossen.

Bride sah plötzlich wie ein alter Mann aus, denn er stand noch unter Polizeiaufsicht, und das Auffinden einer Schußwaffe würde ihn wieder ins Gefängnis zurückbringen.

»Wollen Sie mit mir einen kleinen Spaziergang zum Polizeirevier machen oder soll ich Sie hier durchsuchen?«

»Durchsuchen Sie mich doch«, forderte Lew den Sergeant auf und hielt die Arme hoch. Sergeant Allford tastete ihn ab, dann erklärte er: »Ich will mich mal ein bißchen umsehen«, und das tat er außerordentlich genau.

»Muß wohl ein Mißverständnis gewesen sein«, erklärte er. Aber dann plötzlich: »Was haben Sie vorhin in den Fluß geworfen, als Sie am Embankment entlanggingen?«

Lew fuhr zusammen. Dies war der erste Hinweis darauf, daß man ihn an diesem Morgen beschattet hatte.

Bride wartete so lange am Fenster, bis er gesehen hatte, daß der Kriminalbeamte den Fitzroy Square überquert hatte, dann fuhr er wütend auf seinen Kumpan los.

»Und du bildest dir was auf deine Schlauheit ein! Der alte

Spürhund wußte genau, daß du ein Schießeisen hast, der wußte ja sogar die Nummer. Und wenn Allford das gefunden hätte, wärst du wieder drin im Knast – und ich auch!«

»Ich hab's in den Fluß geschmissen«, knurrte Lew bockig.

»Verstand – nicht für einen Penny!« erregte sich Bride und atmete heftig. »Laß ja Reeder aus dem Spiel – der ist gefährlicher als tausend Teufel, und wenn du das nicht kapierst, rennst du in dein Unglück. Dem Angst einjagen? Du bist ja blödsinnig! Der würde dir die Kehle durchschneiden und ein Gedicht darüber schreiben.«

Kohl brummte: »Ich konnte doch nicht ahnen, daß man mich beschattet. Aber ich werde ihn schon noch kriegen. Und sein Geld dazu!«

»Dann mach das gefälligst von woanders, aber nicht von hier aus«, versetzte Bride kurz. »Ein Hochstapler macht mir nichts aus, ein Mörder auch nicht, aber ein Dummkopf, der Blödsinn redet, macht mich krank. Nimm sein Geld, wenn du kannst – ich möchte wetten, es ist in Grundstücken angelegt, und Häuser kannst du doch nicht klauen –, aber quatsch nicht davon. Ich kann dich ganz gut leiden, Lew, aber nur bis zu einem gewissen Punkt – jetzt bist du schon drüber hinaus! Reeder kann ich nicht leiden ... ich kann auch Schlangen nicht ausstehen, darum halte ich mich eben vom Zoo fern.«

So mußte Lew Kohl sich eine andere Bude suchen und fand sie in der Dean Street, im obersten Stock eines Hauses, das einem Italiener gehörte. Hier hatte er Zeit genug, über seinen Kummer nachzudenken und Rachepläne zu schmieden. Und neue Pläne waren auch nötig, denn alles, was ihm in seiner ruhigen Zelle in Dartmoor als so leicht durchführbar erschienen war, erwies sich jetzt als ganz unmöglich. Von seinem Mordplan hatte Lew Abstand genommen. Er war durch die Behandlung eines sehr geschickten Psychologen gegangen – obwohl er Mr. Reeder niemals in diesem Sinn betrachtet hatte und überdies nicht einmal die leiseste Ahnung hatte, was dieses Wort bedeutete. Doch es gab ja noch andere Mittel, dem Verhaßten eins auszuwischen; und Lews Gedanken kreisten unaufhörlich um Reeders verborgenen Schatz, den er um jeden Preis finden und rauben wollte.

Es war fast eine Woche danach, als Mr. Reeder sich selbst in das geheiligte Privatbüro seines Chefs einlud; und dieser hohe Beamte lauschte gebannt auf die beinahe unglaubliche Theorie, die sich sein Untergebener über Sir James Tithermite und den Tod der Lady gebildet hatte. Als Mr. Reeder fertig war, lehnte sich der Staatsanwalt in seinem Sessel zurück.

»Mein lieber Mann«, sagte er etwas gereizt, »ich kann unmöglich auf Ihre bloßen Vermutungen hin einen Haftbefehl ausstellen – nicht einmal einen Haussuchungsbefehl. Die Geschichte ist so fantastisch, so unglaubhaft, daß sie eher in ein Groschenheft als in den Bericht eines Staatsanwaltes gehört.«

»Es war eine stürmische Nacht, und trotzdem war Lady Tithermite nicht seekrank«, wiederholte Mr. Reeder mit sanfter Überredung. »Dies ist eine Tatsache, an die man sich halten kann, Sir.«

Der Staatsanwalt schüttelte den Kopf.

»Ich kann das nicht machen – nicht auf diese Gründe hin; das würde einen fürchterlichen Wirbel verursachen! Können Sie nicht allein etwas unternehmen – inoffiziell?«

Mr. Reeder winkte ab.

»Meine Anwesenheit ist in der Nachbarschaft schon beobachtet worden«, sagte er bedächtig. »Ich halte es für unmöglich, meine – hm – Spuren zu verbergen. Ich habe aber den Platz gefunden, und ich könnte ihn auf den Zentimeter genau –«

Aber der Staatsanwalt hob abwehrend die Hand.

»Nein«, sagte er ruhig, »die ganze Sache ist eine reine Schlußfolgerung Ihrerseits. O ja, ich weiß, Sie haben einen Instinkt für das Verbrechen, das haben Sie mir schon öfter erzählt – Ihren sogenannten sechsten Sinn! Aber gerade das ist ein guter Grund für mich, keinen Haftbefehl auszustellen. Sie unterstellen diesem Menschen da etwas . . . Also, Reeder, nichts zu machen!«

Mr. Reeder seufzte und ging in sein Büro zurück, war aber nicht sehr niedergeschlagen, denn es hatte sich da ein neuer Umstand bei seinen Nachforschungen ergeben.

Mr. Reeder war im Laufe der Woche des öfteren in Maidstone gewesen, und er war nicht allein dorthin gefahren. Obwohl er so tat, als wüßte er nicht, daß er beschattet wurde, hatte er sehr wohl bei verschiedenen Gelegenheiten Lew Kohl bemerkt; und er hatte einige unbehagliche Minuten mit der Frage verbracht, ob sein Experiment wohl fehlgeschlagen sei.

Die Idee war ihm gekommen, als er Lew Kohl zum zweitenmal hinter sich herschleichen sah. Und wäre Mr. Reeder ein Mann gewesen, der seine Gemütsbewegungen offen zeigte, so hätte er an jenem Abend sicher vor Vergnügen gegluckst, als er am Bahnhof Maidstone ein Taxi heranwinkte und sah, daß Lew Kohl ein anderes bestieg.

Mr. Bride war emsig beschäftigt mit einem langweiligen, aber sehr notwendigen Training, nämlich ein Spiel Karten so abzuheben, daß das Pik-As ständig unten blieb, als sein früherer Zimmergenosse plötzlich hereinstürzte. In Lews kalten Augen lag ein so triumphierendes Leuchten, daß Brides Herz bis in die Schuhe rutschte.

»Jetzt habe ich ihn!« rief Lew.

Bride legte die Karten hin und stand auf.

»Wen hast du?« fragte er kalt. »Und wenn das Mord bedeuten soll, brauchst du gar nicht erst zu antworten. Dann mach, daß du 'rauskommst!«

»Keine Rede von Mord.«

Lew setzte sich behaglich auf den Tisch, die Hände in den Hosentaschen, und ein wirkliches Lächeln auf seinem Gesicht.

»Ich bin Reeder eine Woche lang auf den Fersen geblieben, und das bedeutet bei diesem Menschen schon einiges.«

»Na und?« fragte der andere, als Lew eine dramatische Pause machte.

»Ich habe seine Kröten gefunden!«

Bride kratzte sein Kinn und war nur halb überzeugt.

»Aber du hast sie noch nicht?«

»Ich weiß aber, wo er sie versteckt hat. Hör zu. In der letzten Zeit ist er oft in Maidstone gewesen und von dort in ein kleines Dorf, etwa fünf Meilen entfernt, gefahren. Da habe ich immer seine Spur verloren. Aber gestern abend, als er zum Bahnhof zurückkam, um den letzten Zug nach London zu erwischen, ging er in den Wartesaal, und ich konnte mich an einer Stelle versteckken, von wo aus ich ihn beobachten konnte. Was glaubst du wohl, was er gemacht hat?«

Mr. Bride äußerte sich nicht.

»Er machte seine Reisetasche auf«, sagte Lew nachdrücklich, »und nahm einen Pack Banknoten heraus, so dick!« Er zeigte es mit Daumen und Zeigefinger. »Er hat das Geld aus seinem Versteck geholt! Ich bin ihm bis nach London gefolgt. Reeder ist da ins Bahnhofsrestaurant gegangen und hat eine Tasse Kaffee bestellt. Ich immer hinterher, aber so, daß er mich nicht sehen konnte. Als er aus der Wirtschaft kam, zog er sein Taschentuch heraus und wischte sich den Mund. Er hat nicht gesehen, daß ihm dabei ein kleines Buch aus der Tasche fiel, aber ich! Ich war krank vor Angst, daß irgend jemand anders es aufheben würde oder daß er selbst es bemerkte. Aber er ging aus dem Bahnhof heraus, und ich hatte das Buch, ehe du ›Piep‹ hättest sagen können. Schau mal – hier!«

Es war ein abgenutztes kleines Notizbuch, in verblaßtes rotes Leder gebunden. Bride streckte seine Hand aus, um es zu nehmen.

»Einen Augenblick«, sagte Lew. »Machst du das Geschäft auf Halbpart mit? Ich brauche nämlich Hilfe dabei.«

Bride zögerte.

»Wenn es sich nur um Diebstahl handelt, mache ich mit«, antwortete er.

»Einfacher Diebstahl – und ganz leicht«, rief Lew überschwenglich aus und warf das Buch quer über den Tisch.

Fast bis zum Morgengrauen saßen die beiden zusammen und unterhielten sich mit leiser Stimme über die genaue Buchführung Mr. J. G. Reeders und seine außerordentliche Unehrlichkeit.

Die Nacht zum Montag war regnerisch. Ein Sturm blies von Südwesten, und trockne Blätter wirbelten durch die Luft, als Lew und sein Kumpan sich auf den Fünf-Meilen-Marsch zu jenem Dorf machten. Keiner von beiden war durch sichtbares Gepäck behindert, aber unter seinem Regenmantel trug Lew eine Werkzeugtasche, deren Inhalt einzigartigen Scharfsinn verriet, und Brides Manteltaschen waren heruntergezogen durch das Gewicht einer zusammenlegbaren schweren Brechstange.

Sie trafen niemand auf ihrem Weg, und die Kirchturmuhr schlug gerade elf, als Lew die Eisenstäbe des Tores von South Lodge ergriff, sich daran hochzog und auf der anderen Seite leichtfüßig herabsprang. Mr. Bride, der trotz seines Umfangs ein außergewöhnlich behender Mann war, folgte ihm auf dem Fuße. Das verfallene Pförtnerhaus tauchte aus der Dunkelheit auf, und sie standen vor der Haustür. Lew ließ einen Augenblick den Schein seiner Taschenlampe auf dem Schlüsselloch spielen, bevor er mit den verschiedenen Instrumenten aus seiner Werkzeugtasche zu arbeiten begann.

Die Tür war in zehn Minuten geöffnet, und wenige Sekunden später standen sie in einem niedrigen kleinen Raum, dessen Hauptbestandteil ein riesiger tiefer Kamin war. Lew hängte seinen Regenmantel vor das Fenster, bevor er die Taschenlampe anknipste. Dann kniete er nieder, wischte Asche und Schlacken beiseite und prüfte sehr sorgfältig die Fugen des großen Herdsteines.

»Hier ist ausgebessert worden«, sagte er. »Das ist sofort zu erkennen.«

Er schob die Spitze des Brecheisens in eine Spalte, wuchtete die Stange, und der Stein bewegte sich ein wenig. Mit Hammer und Meißel vergrößerte Lew die Öffnung und trieb das Brecheisen noch tiefer hinein. Die große Platte hob sich ein wenig, und Bride schob den Meißel darunter.

»Jetzt zusammen!« grunzte Lew.

Sie schoben ihre Finger unter den Herdstein und hoben ihn mit vereinten Kräften hoch. Lew ergriff die Lampe, kniete nieder, leuchtete in die dunkle Höhlung hinein und dann –:

»Oh, mein Gott!« kreischte er.

Im nächsten Augenblick stürzten zwei vor Schreck fast wahnsinnige Männer zur Tür hinaus. Und ein Wunder war geschehen, denn das Gattertor war offen, und eine dunkle Gestalt stand vor ihnen auf dem Weg.

»Hände hoch, Kohl!« sagte eine Stimme, und so sehr Lew ihn auch haßte, in diesem Augenblick hätte er Mr. Reeder um den Hals fallen können.

*

Um Mitternacht des gleichen Tages besprach Sir James Tithermite mit seiner zukünftigen Frau verschiedene geschäftliche Angelegenheiten: die Dummheit ihres Anwalts, der Margarets Vermögen bewahren wollte, und seine eigene Schlauheit und Voraussicht, mit der er dem jungen Mädchen, das seine Frau werden sollte, absolut freie Verfügungsgewalt über ihr Geld gesichert hatte.

»Diese Lumpen denken doch an nichts anderes als an ihr Honorar«, erklärte er, als sein Diener ohne anzuklopfen ins Zimmer trat. Ihm auf dem Fuße folgten der Polizeichef des Distrikts und ein Mann, den er früher schon einmal gesehen hatte.

»Sir James Tithermite?« fragte der Polizeigewaltige ganz unnötigerweise, denn er kannte Sir James sehr genau.

»Ja, natürlich Oberst, was gibt's denn?« fragte Sir James, und in seinem Gesicht zuckte es nervös.

»Ich verhafte Sie unter der Anklage des vorsätzlichen Mordes an Ihrer Ehefrau, Lady Eleanor Mary Tithermite.«

»Die ganze Angelegenheit drehte sich um die Frage, ob Lady Tithermite seefest war oder nicht«, erklärte J. G. Reeder seinem Chef. »War sie nicht seefest, war es undenkbar, daß sie auch nur fünf Minuten auf dem Schiff gewesen ist, ohne die Dienste der Stewardeß in Anspruch zu nehmen. Die Stewardeß hat aber Lady Tithermite ebensowenig gesehen wie sonst jemand an Bord, und zwar aus dem einfachen Grund, weil sie nicht auf dem Schiff gewesen ist! Sie war im Park des Schlosses ermordet worden; Sir James verbarg ihre Leiche unter dem Herdstein des verlassenen Pförtnerhauses und setzte dann seine Fahrt nach Dover fort. Dort gab er sein Gepäck einem Dienstmann, der die Koffer vor seiner Kabine abstellen sollte, während er selbst das Auto in die Garage fuhr. Tithermite hatte seine Ankunft so genau berechnet, daß er mit der Masse der Passagiere an Bord ging und niemand darauf achtete, ob er allein oder in Begleitung war. Der Zahlmeister gab ihm den Schlüssel, und er legte das Handgepäck mitsamt dem Hut seiner Frau in die Kabine, bezahlte den Dienstmann und schickte ihn fort. Offiziell war Lady Tithermite an Bord, denn er hatte ihre Schiffskarte mit abgegeben und ihre

Landungskarte erhalten. Und dann stellte er fest, daß sie verschwunden war. Das Schiff wurde von einem Ende bis zum anderen durchsucht, aber natürlich wurde die unglückselige Frau nicht aufgefunden. Wie ich schon früher bemerkt habe . . .«

»Ich weiß schon, Ihr sechster Sinn«, sagte der Staatsanwalt gutgelaunt. »Nur weiter, Reeder.«

»Da ich nun einmal diesen sonderbaren und unangenehmen Charakterzug habe, erkannte ich sofort, wie einfach es war, den Anschein zu erwecken, daß die Dame an Bord sei. Ich schloß daraus, daß – falls wirklich ein Mord begangen worden war – dieser nur wenige Meilen vom Haus entfernt durchgeführt sein konnte. Und dann erzählte mir der Maurermeister dort, daß er Sir James eine kleine Unterrichtsstunde in der Kunst des Mörtelmischens erteilt hat. Und der Dorfschmied berichtete mir, daß das Eisengatter am Pförtnerhaus beschädigt worden war, vermutlich durch Sir James' Auto – ich hatte schon die angeknackten Eisenstangen gesehen und wollte nur erfahren, wann die Reparatur gemacht worden war. Ich war ganz sicher, daß die Leiche unter dem Kamin im Pförtnerhaus versteckt lag. Ohne einen Haussuchungsbefehl war die Richtigkeit meiner Theorie aber nicht zu beweisen, und ich selbst hätte eine private Durchsuchung nicht vornehmen können, ohne das Ansehen unserer Abteilung aufs Spiel zu setzen – wenn ich sagen darf ›unserer‹«, meinte er bescheiden.

Der Staatsanwalt blickte ihn nachdenklich an.

»Sie haben also diesen Lew Kohl dazu gebracht, den Kamin aufzubrechen, indem Sie vortäuschten, dort Geld vergraben zu haben. Ich vermute, Sie haben das in Ihrem Notizbuch vermerkt. Aber was, um alles in der Welt, hat ihn zu der Vorstellung gebracht, daß Sie irgendwo einen Schatz versteckt hatten?«

Mr. Reeder lächelte betrübt.

»Die Gedanken eines verbrecherischen Hirnes sind höchst eigenartig«, sagte er mit einem Seufzer, »sie gehen seltsame Wege. Illusionen und Feenmärchen gelten ihnen als Realität. Glücklicherweise kann ich das nachempfinden. Wie ich schon wiederholt gesagt habe . . .«

In den Amtsräumen des Staatsanwaltes herrschte eine Ruhe und Gelassenheit, die völlig dem Geschmack und den Neigungen Mr. Reeders entsprach. Seiner Ansicht nach gehörte es sich für einen Gentleman, in einem Büro zu arbeiten, in dem nur das Ticken einer Uhr zu hören war und wo schon das Umwenden eines Blattes Papier eine sachte Störung hervorrief.

Eines Morgens hatte er den maschinengeschriebenen Katalog der Firma Willoby, einer der bedeutendsten Immobilienagenturen, vor sich liegen und blätterte nachdenklich die Seiten um. Der Katalog war erst vor wenigen Minuten von einem Boten abgegeben und auf seinen Schreibtisch gelegt worden.

Plötzlich strich er eine Seite glatt und las noch einmal die schmeichelhafte Beschreibung eines ziemlich unbedeutenden Grundstückes – eine reine Zeitverschwendung, denn am Rand stand schon mit roter Tinte vermerkt ›Vermietet‹, und das bedeutete, daß ›Riverside Bower‹ nicht mehr zu haben war. Die Tinte war verwischt, und das Wort ›Vermietet‹ war offensichtlich erst an diesem Morgen geschrieben worden.

»Hm –«, brummte Mr. Reeder.

Sein Interesse hatte verschiedene Gründe. In der Julihitze sind Häuser am Fluß sehr begehrt, aber Anfang November sind sie so etwas wie Ladenhüter auf dem Grundstücksmarkt. Und überseeische Besucher mieten für gewöhnlich keine Landhäuser am Fluß in einem Monat, dessen wesentlichste Merkmale Nebel, Regen und allgemeine Unbehaglichkeit sind.

> ›Zwei Wohnräume, zwei Schlafzimmer, Bad, große trockene Keller. Rasenfläche bis zum Fluß, kleines Ruderboot, großer Kahn. Gas, elektrisches Licht. Drei Guineen wöchentlich, bei Abschluß über sechs Monate Ermäßigung auf zwei Guineen.‹

Reeder zog sein Telefon heran und wählte die Nummer des Häuseragenten. »Wie? Schon vermietet? Wie schade! Ach, an einen amerikanischen Gentleman? Wann wird es denn wieder frei?«

Der neue Mieter hatte das Haus für einen Monat übernommen. Das interessierte Mr. Reeder noch mehr, aber sein Interesse an diesem ›amerikanischen Gentleman‹ war nicht halb so groß wie das des Amerikaners für Mr. Reeder.

Als der große Art Lomer auf einer Geschäftsreise von Kanada nach London kam, begleitete ihn eines Tages sein Freund und Bewunderer, um ihm die Hauptsehenswürdigkeit Londons zu zeigen.

»Hier kommt er meistens um die Mittagszeit heraus«, sagte der Freund, der ›Piep‹ genannt wurde, weil er Sperling hieß.

Mr. Lomer blickte verächtlich auf Whitehall, denn er war schon so viel in der Welt herumgekommen, daß ihm eine Stadt wie die andere erschien.

»Da ist er!« flüsterte Piep, obwohl kein Grund für solche Geheimnistuerei vorlag.

Ein Mann in mittleren Jahren war aus einem schmalen Eingang des großen grauen Gebäudes gekommen. Er trug einen steifen Hut und einen engen schwarzen Überzieher. Es war ein schmächtiger Mann mit sandfarbenem Backenbart und einem Kneifer, der fast auf der Nasenspitze saß.

»Der?« rief Art verblüfft aus.

»Der!« bestätigte der andere nachdrücklich.

»Was! Von so einer Vogelscheuche laßt ihr euch ins Bockshorn jagen? Ihr seid ja verrückt! Der kann ja nicht mal 'ne Fliege fangen! Na, bei uns zu Hause in Toronto –«

Art war stolz auf seine Heimatstadt und hatte in beredter Begeisterung, die auch die weniger angenehmen Dinge mit freundlichen Farben verschönt, sogar ein gutes Wort für die Royal Canadians übrig – eine Polizeitruppe, die er unter normalen Umständen aus Herzensgrund verabscheute.

Art ›operierte‹ – er gebrauchte niemals ein geringeres Wort – von Toronto aus. Diese Stadt lag in der Nähe der amerikanischen Grenze und der Stadt Buffalo, und das bot ihm gewisse Vorteile. Er hatte auch mal in Kanada ›operiert‹, aber da zu jener Zeit sein Spezialgebiet Raub war, und zwar Raub mit tätlichem Überfall, stand er eines Tages einem kanadischen Richter gegenüber – und kanadische Richter sind mit außergewöhnlichen Vollmachten ausgestattet. Art wurde zu fünf Jahren – und was am schrecklichsten war! – zu fünfundzwanzig Schlägen verurteilt: Schläge mit einer neunschwänzigen Peitsche; und jeder dieser neunfachen Schläge tat verdammt weh! Von da an verzichtete Art auf Gewalttätigkeit und beschränkte sich nur noch auf die Ausbildung seiner Truppe – und Art Lomers Truppe war berühmt vom Atlantik bis zum Pazifik.

Als man Art vor vielen Jahren in der Londoner Gosse aufgegriffen, einer vielversprechenden Verbrecherlaufbahn entrissen und nach Kanada abgeschoben hatte – denn die Behörden waren wohl der Ansicht, daß Kanada ziemlich knapp an jugendlichen Verbrechern sei –, war er noch nicht mehr als nur Art Lomer gewesen. Durch seine außergewöhnliche Gerissenheit und sein sicheres Auftreten, vor allem aber durch seine angeborene Fähigkeit, auf leichte Art und Weise Geld zu machen, hatte er es zu etwas gebracht. Er besaß ein Landhaus auf einer der Inseln, eine Stadtwohnung in Church Street und einen schweren Sechs-Zylinder-Wagen. Der Neu-England-Akzent, den er angenommen hatte, wäre wohl in jedem Land für echt gehalten worden – ausgenommen natürlich in Neu-England selbst.

»Ich glaube, ihr Brüder schlaft hier alle! Wird Zeit, daß man euch wachrüttelt! So, das ist also euer berühmter Reeder . . .? Na, ich kann euch nur sagen, wenn Kanada und die Vereinigten Staaten voll von solchen Ziegenböcken wären, würde ich in einem Monat mehr Dollars einsacken, als Chaplin in zehn Jahren in Hollywood verdient. Jawohl! – Sag mal, parkt der Kerl eine Zwiebel?«

Sein Führer schien ein wenig verwirrt.

»Du meinst, ob er eine Uhr hat? Na sicher!«

Mr. Art Lomer nickte zufrieden.

»Warte mal! In fünf Minuten bringe ich sie dir . . . Ich will euch mal zeigen, wie so was gemacht wird!«

Es war der verrückteste, dümmste Streich, den Lomer je in seinem Leben begangen hatte. Er war geschäftlich hier in London, und er setzte eine Million Dollar aufs Spiel, nur um einem Menschen zu imponieren, dessen Meinung ihm nicht einen Cent wert war.

Mr. Reeder stand nervös am Bordstein und wartete auf eine Lücke im Verkehrsgewimmel, als ein Fremder ihn anstieß.

»Verzeihung, Sir«, sagte der Fremde.

»Macht nichts«, murmelte Mr. Reeder. »Meine Uhr geht übrigens fünf Minuten vor – die genaue Zeit können Sie besser vom Big Ben ablesen!«

Mr. Lomer fühlte eine Hand in seine Manteltasche tauchen und sah wie hypnotisiert die Uhr wieder zu Mr. Reeder zurückwandern.

»Schon lange hier von drüben?« fragte Mr. Reeder liebenswürdig.

»Wie – jaa.«

»Hübsche Jahreszeit.« Mr. Reeder nahm den Kneifer ab, rieb ihn an seinem Mantelärmel sauber und setzte ihn schief wieder auf. »Aber unser Land ist doch lange nicht so schön wie Kanada im Herbst. Wie geht's denn Leoni?«

Art Lomer fiel nicht in Ohnmacht, aber er schwankte leicht und zwinkerte heftig, als ob er aus einem Traum erwachen wollte. Leoni war der Besitzer eines kleinen Restaurants in Buffalo, das als vorgeschobener Stützpunkt für jene Operationen diente, die für Art und seine Freunde so erfolgreich waren.

»Leoni? Sagen Sie mal, Mister ...«

»Und wie geht's der Truppe? Tritt sie jetzt in England auf oder ist – hm – gerade mal Ruhepause? Ich glaube, das ist wohl die richtige Bezeichnung?«

Art gaffte den anderen an.

Mr. Reeders Gesicht drückte Teilnahme und höfliches Interesse aus – so, als ob das Wohlbefinden der Truppe ihm ganz besonders am Herzen läge.

»Sagen Sie ... hören Sie ...«, begann Art heiser.

Bevor er aber seine Gedanken zusammennehmen konnte, überquerte Mr. Reeder schon mit nervösen Blicken nach links und rechts die Straße, seinen Regenschirm krampfhaft in der rechten Hand haltend.

»Ich glaube, ich bin blödsinnig geworden«, sagte Mr. Lomer und ging sehr langsam zu seinem Cicerone zurück, der ihm ängstlich entgegensah. »Nee – er entwischte mir, bevor ich an ihn herankonnte«, sagte er kurz. Art hatte seinen Berufsstolz. »Na komm, gehen wir essen, es ist beinahe zwölf . . .«

Er steckte die Hand in die Tasche, aber seine Uhr war weg! Und mit ihr die wertvolle Platinkette. Gelegentlich konnte Mr. Reeder recht spaßhaft sein.

»Art Lomer – liegt etwas gegen ihn vor?« fragte Reeders Chef, der Erste Staatsanwalt.

»Nein, Sir, hier ist keine Anzeige gegen ihn eingegangen. Ich bin – hm – zufällig in den Besitz seiner Uhr gekommen und habe aus meinen Privataufzeichnungen entnommen, daß diese in Cleveland gestohlen worden ist; das Datum steht in den Polizeiakten. Nur – hm – es ist merkwürdig, daß dieser Gentleman nach London kommt, wenn die Touristensaison schon zu Ende ist.«

Sein Chef kräuselte zweifelnd die Lippen.

»Hm. Rufen Sie den Yard an, das betrifft uns nicht. Was ist denn seine Spezialität?«

»Er ist Direktor einer Truppe – das ist wohl die richtige Bezeichnung. Mr. Lomer stand früher einmal mit einer Theatergesellschaft in Verbindung, allerdings nur in – hm – sehr bescheidener Stellung.«

»Sie meinen, daß er ein Schauspieler ist?« fragte sein Chef erstaunt.

»Ja, Sir; doch wohl eher Regisseur als Schauspieler. Ich habe einiges über seine Truppe gehört, aber ich hatte nie das Vergnügen gehabt, sie in Tätigkeit zu sehen. Eine talentierte Gesellschaft.«

Er stieß einen Seufzer aus und schüttelte den Kopf.

»Ich verstehe nicht ganz, was Sie mit der Truppe meinen«, sagte der Erste Staatsanwalt. »Wie sind Sie denn zu Lomers Uhr gekommen, Reeder?«

»Das war nur ein kleiner Scherz von mir«, antwortete er ausweichend, »nur ein kleiner Scherz.«

Der Erste Staatsanwalt kannte Mr. Reeder viel zu gut, um noch weiter mit Fragen in ihn zu dringen.

*

Lomer hatte sich im Hotel Calfort in Bloomsbury einquartiert. Er bewohnte hier eine prunkvolle Suite, denn auf der Jagd nach einem großen Fisch darf man an den Kosten für den Köder nicht knausern. Und der große Fisch hatte schneller angebissen, als Lomer zu hoffen gewagt hatte. Er hieß Bertie Claude Staffen – und es war wirklich etwas fischähnliches an dem jungen Mann mit seinen vorstehenden Augen und dem immer offenstehenden Mund.

Berties Vater war enorm reich. Er besaß eine Porzellan-Manufaktur, kaufte daneben Spinnereien auf und war so knauserig, daß er niemals ein Taxi nahm, wenn ein Autobus in der Nähe war, und niemals einen Bus bestieg, wenn er laufen konnte. Auf diese Weise hielt er seine Leber, die ein beliebtes Gesprächsthema von ihm war, in Ordnung und beschleunigte sein Herzleiden.

Bertie Claude hatte die Kleinlichkeit seines Vaters geerbt, und alles Geld, das nicht treuen Dienern, Waisenhäusern und Gesellschaften mit sozialen Zielen zugedacht war – und das bedeutete, daß Bertie jeden Penny bekommen hatte. Er hatte das schwache Kinn und die fliehende Stirn, die auf einen unentwickelten Verstand deuten, aber er wußte ganz genau, daß zwölf Pennies einen Schilling und hundert Cent einen Dollar ergeben, und das ist mehr, als sonst die einzigen Söhne von Millionären wissen. Aber er hatte eine Eigenschaft, die nur wenige in ihm vermuteten: die Gabe, romantisch zu träumen. Wenn Mr. Staffen nicht damit beschäftigt war, zu große Unkosten zu beschneiden oder die Produktion seiner Fabriken in die Höhe zu treiben, saß er mit Vorliebe in einem bequemen Sessel, die Augen halb geschlossen, eine Zigarette zwischen den Lippen und malte sich die abenteuerlichsten Situationen aus. Er sah sich zufällig auf dunkle Keller stoßen, die mit staubigen Schatzkisten angefüllt waren, oder er erblickte sich im Spielkasino von Deauville mit Bergen von Tausender-Banknoten vor sich, die er fabelhaft reichen Griechen oder Armeniern oder wem auch immer abgewonnen hatte. Die meisten seiner Träume drehten sich um Geldsummen, die groß genug waren, um die Erbschaftssteuer zu ersetzen, die ihm langfingrige Steuerbehörden unbilligerweise nach dem Tode seines Vaters abgenommen hatten. Staffen war ein sehr reicher Mann, aber eigentlich müßte er noch viel reicher sein – das war seine felsenfeste Überzeugung.

Als Bertie Claude in das Calfort Hotel kam und in Mr. Arts Privatsalon geführt wurde, betrat er die Welt seiner Träume. Der große Mitteltisch war mit Quarzproben jeder Art und Größe bedeckt, die aus einer funkelnagelneuen Mine kamen, entdeckt von einem nichtexistierenden Bruder Arts und an einem Platz gelegen, der nur zwei Menschen bekannt war: der eine war Art Lomer, der andere Bertie Claude Staffen. Mr. Staffen legte seinen leichten Mantel ab, trat an den Tisch und untersuchte die Gesteinsproben mit ungeteiltem Interesse.

»Ich habe das Gutachten bekommen«, sagte er. »Der Bursche, der es gemacht hat, ist ein Freund von mir, und er hat nichts dafür berechnet. Das Ergebnis ist gut, sehr vielversprechend.«

»Die Gesellschaft . . .«, begann Art, aber Mr. Staffen hob warnend einen Finger.

»Ich glaube, Sie wissen ganz genau, und ich brauche Sie eigentlich nicht mehr daran zu erinnern, daß ich nicht die Absicht habe, auch nur einen einzigen Dollar in diese Mine zu stekken. Das einzige, was ich tun will, ist, all meinen Einfluß bei einer Gründung für ein quid pro quo geltend zu machen. Sie wissen doch natürlich, was das bedeutet?«

»Irgendwas für nichts!« entgegnete Art und schoß damit nicht weit am Ziel vorbei.

»Nein . . . Keine Aktien der Gesellschaft. Vielleicht werde ich später mal einen Direktorenposten übernehmen, später mal, wenn die Aktien gezeichnet sind und alles in bester Ordnung ist. Aber jetzt kann ich meinen Namen nicht für eine so – hm – unbekannte Sache hergeben.«

Art stimmte ihm zu.

»Mein Freund ist für das nötige Geld schon aufgekommen«, sagte er leichthin. »Wenn dieser Mensch noch hundert Dollar mehr hätte, würde er alles Geld der ganzen Erde besitzen, könnte man fast sagen. So reich ist er! Sehen Sie, Mr. Staffen, es wäre doch widersinnig, wenn ich nach Europa kommen wollte, um von einem Gentleman Geld zu fordern, der mir beinahe ein

Fremder ist. Wir sind uns in Kanada begegnet – richtig! Aber was wissen Sie denn eigentlich von mir? Ich könnte doch ein ganz großer Hochstapler sein oder ein Schwindler.«

Bertie Claude hatte schon ähnliche Gedanken gehabt, aber die offenkundige Freimütigkeit seines Bekannten verscheuchte den Verdacht.

»Ich war manchmal neugierig, was Sie wohl von mir gedacht haben, wenn Sie mich mit so einer Horde von Halsabschneidern beim Spiel sahen«, fuhr Art fort und paffte nachdenklich seine Zigarre. »Aber ich glaube, Sie haben sich gesagt, ›der Bursche ist ein Mann von Welt – er ist gewissermaßen zu solchen Vertraulichkeiten gezwungen‹. Und so ist es auch. In diesen kanadischen Bergarbeiterlagern kommt man manchmal mit wirklich groben Kerlen zusammen – ja, Sir, sie können oft sehr unangenehm werden.«

»Ich verstehe die Lage vollkommen«, sagte Bertie Claude, der nicht das geringste begriff. »Ich schmeichle mir, Menschenkenner zu sein. Wenn ich das nicht in meinem ›Homo sum‹ habe zeigen können, habe ich mich nicht deutlich genug ausgedrückt.«

»Sicher«, sagte Mr. Lomer gedankenlos und fügte noch ein zweites »Sicher!« hinzu, um dem ersten mehr Nachdruck zu geben. »Das ist ein ausgezeichnetes Buch. Als Sie es mir im King Edward Hotel gaben, dachte ich erst, es wäre irgend etwas über Arithmetik. Aber es ist hochfeine Poesie, jede Zeile fängt mit großen Buchstaben an, und das Ende jeder Zeile klingt wie das letzte Wort auf der vorhergehenden. Einfach großartig! Ich habe gleich zu meinem Sekretär gesagt, ›dieser Staffen hat Köpfchen!‹ Woher Sie nur alle diese Ideen haben, ist mir unbegreiflich. Die eine Sache da mit der Prinzessin, die aus der Muschel herauskommt ...«

»Eine Perlmuschel – sie bedeutet die Personifizierung der Perle«, erklärte Bertie seine Prinzessin. »Sie meinen ›Die weiße Jungfrau‹?«

Lomer, dessen Gedanken ganz woanders waren, nickte.

»Das war ein Gedicht! Ich habe vorher niemals Gedichte gelesen, bis ich das in die Hände bekam. Es hat mich so gerührt, daß ich am liebsten geheult hätte wie ein großer Narr! Nein, wenn ich Ihr Talent hätte, würde ich, weiß Gott, nicht in Ontario herumziehen und schürfen. Ich nicht, Sir.«

»Es ist eine Gottesgabe«, sagte Mr. Staffen nach einer gedankenvollen Pause. »Sie sagten, Sie hätten das Geld für die Gesellschaft schon beisammen?«

»Jeden Penny. Ich bin nicht mal in der Lage, eine einzige Aktie abgeben zu können. – Tatsächlich. Aber Sie brauchen sich darüber keine Sorgen zu machen, ein paar habe ich immer noch in Reserve. Nein, Sir, ich habe niemals den Gedanken gehabt, daß Sie nur auch mit einem Penny einspringen sollten.«

Er klopfte die Asche von seiner Zigarre ab und runzelte nachdenklich die Stirn.

»Sie sind sehr freundlich zu mir gewesen, Mr. Staffen«, sagte er dann langsam, »und wenn ich natürlich auch nicht jedem Menschen meine Geschäfte auf die Nase binde, so habe ich doch zu Ihnen Vertrauen. Die Mine hat eigentlich nichts zu bedeuten.«

Bertie Claudes Augenbrauen gingen in die Höhe.

»Ich kann Sie nicht ganz verstehen«, sagte er.

Art lächelte nachdenklich und ein wenig geheimnisvoll.

»Ist Ihnen denn nicht der Gedanke gekommen, daß es doch ziemlich närrisch von mir war, einen Trip nach Europa zu machen, wenn ich das Kapital für die Mine schon besitze?«

Bertie zuckte die Schultern. Er hatte auch schon daran gedacht.

»Wenn ich diese Mine hätte verkaufen wollen, wäre es genau so, als ob ich Goldbarren anbieten wollte. Man würde sie mir förmlich aus der Hand reißen. Nein, Sir, wenn ich Ihnen sagen würde, warum ich eigentlich hier bin, würden Ihnen die Haare zu Berge stehen!«

Er stand plötzlich auf und ging mit gerunzelter Stirn hastig im Zimmer auf und ab.

»Sie sind ein sehr großer Dichter«, sagte er plötzlich und blieb vor Bertie stehen. »Wahrscheinlich haben Sie mehr Phantasie als die meisten Leute. Was bedeutet denn die Mine für mich? Ein paar hunderttausend Dollar Gewinn.« Er machte eine gleichgültige Handbewegung. »Sagen Sie mal, was machen Sie nächsten Mittwoch?«

Diese unerwartete Frage machte Bertie stutzig.

»Nächsten Mittwoch? Hm, ich glaube kaum, daß ich schon was vorhabe.«

Mr. Lomer kaute nachdenklich an seiner Unterlippe.

»Ich habe ein kleines Haus am Fluß. Kommen Sie und bleiben Sie die Nacht über bei mir, dann werde ich Ihnen ein Geheimnis anvertrauen, wofür die Zeitungen eine Million Dollar zahlen würden. Wenn Sie das in einem Buch lesen würden, würden Sie kein Wort davon glauben. Möglicherweise schreiben Sie später selbst darüber. Es gehört schon ein Mann mit Ihren Fähigkeiten dazu, um der Sache gerecht zu werden. Passen Sie auf, ich werde Ihnen die Geschichte jetzt erzählen.«

Und nach anfänglichem Zögern begann Mr. Lomer.

»Ich verstehe nichts von Politik und solchen Sachen, und ich kümmere mich auch nicht darum. Aber natürlich weiß ich, daß vor Jahren in Rußland eine große Revolution stattgefunden hat und daß dabei sehr merkwürdige Sachen passiert sind. Bisher war mir das aber so uninteressant wie Ihnen, sagen wir mal, die Stadt Piketown, Saskatchewan, ist. Doch dann geschah vor etwa sechs Monaten etwas – ich bin mit ein paar Russen zusammengetroffen. Die kamen in ziemlicher Eile aus den Vereinigten Staaten – ein Polizeiaufgebot des Sheriffs war nämlich hinter ihnen her. Ich war damals gerade auf einer Farm in der Nähe der Grenze, als sie auftauchten. Und was glauben Sie wohl, was sie gemacht haben?«

Mr. Staffen schüttelte den Kopf.

»Sie hausierten mit Smaragden«, sagte der andere bedeutungsvoll.

»Smaragde? Hausieren? Was meinen Sie damit – wollen Sie sagen, daß Sie versucht haben, Smaragde zu verkaufen?«

»Ja, Sir. Der eine hatte eine ganze Papiertüte voll davon, alle Größen. Ich hab' sie alle gekauft – für zwölftausend Dollar. Später habe ich sie in Toronto schätzen lassen – Wert etwas unter einer Million Dollar!«

Bertie Claude hörte gespannt mit offenem Mund zu.

»Diese Burschen waren von Moskau gekommen. Sie hatten schon vier Jahre lang mit allen möglichen Juwelen hausiert. Irgend so ein heruntergekommener Prinz machte das als Agent für andere ehemalige Größen. Ich habe nicht weiter danach gefragt, ich bin nicht neugierig.«

Er beugte sich vor und klopfte dem anderen auf das Knie, um seinen Worten noch mehr Nachdruck zu verleihen.

»Das, was ich gekauft habe, war etwa der zwanzigste Teil ihres Vorrates. Ich habe sie wieder nach Rußland zurückgeschickt, damit sie den Rest holen, und ich denke, daß sie schon nächste Woche wieder hier sind.«

»Zwanzig Millionen Dollar?« keuchte Bertie Claude. »Und was werden Sie dafür zahlen?«

»Nur eine Million Dollar – zweihunderttausend Pfund! Kommen Sie zu mir nach Marlow, und ich werde Ihnen die größten Smaragde zeigen, die Sie je in Ihrem Leben zu sehen bekommen haben – alle, die ich noch zurückbehalten habe. Den größten Teil habe ich schon an einen Millionär in Pittsburg verkauft – ich will Ihnen lieber nicht sagen für welchen Preis, sonst denken Sie, ich hätte ihn übers Ohr gehauen! Wenn Ihnen einer der Steine, die ich Ihnen zeigen werde, gefällt, will ich Ihnen gern einen überlassen, obwohl ich eigentlich keine verkaufen möchte. Natürlich bekommen Sie ihn für einen Freundschaftspreis!«

Bertie Claude war wie vor den Kopf geschlagen, während sein Gastgeber einen wahren Katalog seines Schatzes mit dem jeweiligen Taxwert aufzählte. Berties Gedanken wirbelten durcheinander, als er sich verabschiedet hatte, obwohl eine derartige Situation in seinen Träumen schon oft vorgekommen war.

Als er durch die Hotelhalle kam, sah er einen Mann in mittleren Jahren, der einen steifen Hut, eine fertiggebundene Krawatte und Schuhe mit breiten Kappen trug – er sah fast aus wie ein Gerichtsvollzieher –, doch Bertie Claude wäre an ihm vorbeigegangen, wenn sich ihm dieser altmodische Gentleman nicht in den Weg gestellt hätte.

»Bitte um Verzeihung, Sir. Sie sind Mr. Staffen, nicht wahr?«

»Ja«, antwortete Bertie kurz.

»Hätten Sie wohl einen Augenblick Zeit für mich – ich würde gern etwas – hm – Wichtiges mit Ihnen besprechen.«

»Ich habe jetzt für niemand Zeit«, sagte er schroff. »Wenn Sie etwas von mir wollen, schreiben Sie mir.«

Mit diesen Worten ließ er den traurig blickenden Mann stehen, der ihm nachdenklich hinterhersah.

Mr. Lomers kleines Haus lag ganz einsam zwischen Marlow und Quarry Wood, und er hätte noch so eifrig suchen können, er hätte niemals ein Grundstück gefunden, das sich besser für seine Zwecke geeignet hätte.

Bertie Claude, für den der Gedanke an den Fluß gleichbedeutend mit warmem Sonnenschein und hübschen weißen Flanellanzügen war, schauderte, als er aus dem Bahnhof herauskam. Er betrachtete unbehaglich den grauen Himmel. Es regnete unaufhörlich, und der Wagen, der ihn erwartete, triefte förmlich.

»Verdammt scheußlicher Monat, um sich einen Bungalow am Fluß zu mieten«, knurrte er.

Mr. Lomer, der nicht die geringste Ahnung hatte, welcher Monat der idealste wäre, ein Haus am Fluß zu mieten, stimmte ihm zu.

»Aber dieses Haus ist das richtige für mich«, sagte er. »Gerade daß es so abgelegen ist, gefällt mir. Ich hasse es, wenn die Leute mir in die Fenster sehen!«

Die Straße vom Bahnhof zum Haus Mr. Lomers lief parallel mit dem Fluß. Mr. Staffen starrte durch die regenüberströmten Wagenfenster, es gab aber nichts zu sehen als stahlgraue Wellen und vom Regen niedergedrücktes nasses Gras der Wiesen, durch die die Straße führte. Doch nach einer knappen Viertelstunde waren sie am Ziel angelangt, einem hübschen, kleinen Häuschen, das inmitten eines großen Gartens stand. Ein helles Feuer brannte im Kamin der Halle, und das ganze Haus verbreitete eine solche Atmosphäre von Behaglichkeit und Komfort, daß Berties Stimmung sich im Handumdrehen besserte. Wenige Augenblicke später saßen sie in einem gemütlichen, holzgetäfelten Eßzimmer vor einem reichgedeckten Teetisch.

Die meisten Menschen unterliegen unbewußt dem Einfluß ihrer Umgebung, und so fand sich auch Bertie von der Gemütlichkeit des Raumes und der nicht erwarteten vorzüglichen Bedienung aufs angenehmste beeindruckt. Ein stattlicher Butler hatte sie empfangen, ein unauffälliger junger Mann in Livree hatte ihm den Regenmantel abgenommen und seine nassen Schuhe trocken gerieben, und ein hübsches junges Hausmädchen servierte den Tee.

»Nein, das Haus gehört mir nicht«, antwortete Lomer auf Berties Frage. »Ich miete es nur jedesmal, wenn ich in England bin.« Lomer hielt nichts von kleinen und unnötigen Lügen – die werden zu leicht aufgedeckt. »Zu meinem eigenen Personal gehören nur Jenkins, der Butler, und der Kammerdiener, die anderen Bedienten habe ich mit dem Haus gemietet.«

Nach dem Tee führte er Bertie in sein Schlafzimmer, öffnete ein Schubfach seines Schreibtisches und nahm eine kleine, stählerne Kassette heraus, die durch zwei Schlösser gesichert war. Er schloß diese auf und entnahm ihr einen flachen Metalleinsatz, über den eine Lage Watte gebreitet war.

»Sie können sich aussuchen, was Ihnen gefällt«, sagte Lomer. »Machen Sie mir ein Angebot, und ich werde Ihnen dann sagen, was sie wert sind.«

Er nahm die Watte fort und enthüllte sechs prachtvolle Steine.

»Wie wär's mit dem hier?« fragte er und nahm den größten der Smaragde auf. »Der ist etwa zwölfhundert Pfund wert. Aber wenn Sie mir dafür diese Summe zahlen wollten, würde ich Sie für einen Narren halten, denn der einzig vernünftige Weg, Smaragde zu bekommen, ist, sie mindestens fünfzig Prozent unter ihrem wirklichen Wert zu kaufen. Ich schätze, daß dieser mich ungefähr« – er rechnete in Gedanken nach – »ja, etwa neunzig Pfund kostet.«

Berties Augen funkelten. Von Smaragden verstand er sehr viel, und er erkannte sofort, daß er echte Steine von hervorragender Qualität vor sich hatte.

»Sie würden den Stein wohl nicht für neunzig Pfund verkaufen wollen?« fragte er leichthin.

Art Lomer schüttelte den Kopf.

»Nein, Sir. Etwas muß ich doch auch verdienen, selbst von meinen Freunden. Ich will Ihnen den Stein für einen Hunderter lassen.«

Berties Hand fuhr schon in seine Brusttasche.

»Nein, Sie sollen ihn gar nicht sofort bezahlen. Was verstehen Sie denn überhaupt von Smaragden? Das könnte ja eine gute Fälschung sein. Nehmen Sie den Stein mit in die Stadt und lassen Sie ihn von einem Experten prüfen –«

»Ich möchte Ihnen den Scheck aber jetzt gleich geben.«

»Nun, wann immer Sie wollen.«

Art wickelte vorsichtig den Smaragd ein, legte ihn in ein Schächtelchen und gab dies seinem Begleiter.

»Dies ist der einzige, den ich verkaufe«, sagte er, als sie zurück ins Eßzimmer gingen.

Bertie ging sofort zu dem kleinen Schreibsekretär, füllte den Scheck aus und überreichte ihn Mr. Lomer. Art betrachtete stirnrunzelnd das Papier.

»Damit kann ich gar nichts anfangen«, sagte er. »Ich habe hier gar kein Bankkonto – mein ganzes Geld liegt in der Associated Express Company.«

»Ich werde einen Barscheck daraus machen«, sagte Bertie zuvorkommend. Aber Mr. Lomer hatte noch Bedenken.

»Schreiben Sie lieber dem Präsidenten, oder was immer er auch ist, ein paar Zeilen, daß er diesen Scheck honorieren soll. Ich kann Banken einfach nicht ausstehen!«

Der gefällige Bertie Claude kritzelte die erbetene Empfehlung. Dann kam er wieder aufs Geschäft zu sprechen, denn schließlich war er ja ein Geschäftsmann.

»Kann ich in diesen Juwelenhandel einsteigen?«

Art Lomer schüttelte bedauernd den Kopf.

»Tut mir leid, Mr. Staffen, aber das ist beinahe unmöglich. Ich will ganz offen zu Ihnen sein, denn ich halte Offenheit bei Geschäften für das einzig Anständige. Wenn Sie sich bei dieser Sache beteiligen wollen, so ist das genau so, als ob Sie Geld von mir verlangen.«

»Na, na«, protestierte Bertie nicht ganz überzeugt.

»Es klingt vielleicht nicht fein, wenn ich das so ausdrücke, aber es trifft genau zu. Ich habe das ganze Risiko übernommen, habe die ganze Sache organisiert – und es kostet einen Haufen Geld, den Burschen wieder aus Rußland herauszubekommen:

Flugzeuge, Sonderzüge und was sonst noch alles. Es tut mir aufrichtig leid, Ihnen nicht entgegenkommen zu können«, widerholte Lomer, »denn Sie sind mir sehr sympathisch. Aber vielleicht ist irgendein kleineres Objekt dabei, das Ihnen gefällt, ich würde es Ihnen zu einem vernünftigen Preis überlassen.«

Bertie dachte einen Augenblick angestrengt nach.

»Was hat Sie die ganze Sache bis jetzt gekostet?« fragte er.

Wieder schüttelte Mr. Lomer den Kopf.

»Das spielt doch keine Rolle – und wenn Sie mir den vierfachen Betrag von dem anbieten würden, was ich bis jetzt ausgegeben habe – und das würde eine beachtliche Summe sein –, ich könnte Sie doch nicht in das Geschäft mit hineinnehmen. Das äußerste, was ich für Sie tun könnte, wäre, Ihnen einen kleinen Anteil zu geben – aber dafür würde ich kein Geld von Ihnen nehmen!«

»Wir wollen später noch einmal darüber sprechen«, sagte Bertie, der niemals gänzlich die Hoffnung aufgab.

Es hatte aufgehört zu regnen, die untergehende Sonne vergoldete den Fluß mit ihren letzten Strahlen, und Bertie machte mit seinem Gastgeber einen Spaziergang durch den Garten, als er plötzlich hoch über sich das leise Geräusch eines Flugzeuges hörte. Bald sah er die Maschine über dem Grundstück kreisen und dann hinter den dunklen Baumkronen von Quarry Wood verschwinden. Er hörte einen Ausruf von dem Mann an seiner Seite und sah, wie Arts Gesicht sich zu einer Grimasse von Ärger und Zweifel verzog.

»Was ist los?« fragte er.

»Ich kann das nicht verstehen«, antwortete Art langsam. »Sie hatten mir gesagt, daß nächste Woche ... Aber nein, ich bilde mir wohl nur was ein!«

Es war dunkel geworden. Der Butler hatte Licht gemacht und die Vorhänge zugezogen, als sie wieder hineingingen. Es war für Bertie nicht schwer zu erkennen, daß irgend etwas geschehen war, was seinen Gastgeber sehr beunruhigte. Lomer war schweigsam, sagte im Verlauf der nächsten halben Stunde kaum ein Wort und starrte unbeweglich in das Kaminfeuer. Dabei schien er angestrengt auf jedes Geräusch zu horchen.

Das einfache Dinner wurde zeitig serviert; und während die Tafel abgedeckt wurde, gingen die beiden Männer in den kleinen Salon.

»Was ist eigentlich los, Lomer?«

»Nichts«, sagte der andere und fuhr zusammen, »nur –«

In diesem Augenblick hörten sie eine Klingel leise anschlagen, und Art lauschte mit gespannter Aufmerksamkeit. Man hörte Sprechen in der Halle und dann kam der Diener herein.

»Zwei Herren und eine Dame möchten Sie sprechen, Sir.«

Bertie sah, wie der andere sich auf die Lippe biß.

»Führen Sie sie herein«, sagte Art kurz, und wenige Sekunden später kam ein großer, schlanker Mann in Fliegerdreß und Sturzhelm in das Zimmer.

»Marsham! Was zum Teufel ...«

Das junge Mädchen, das ihm unmittelbar folgte, fesselte Bertie Claudes Aufmerksamkeit. Sie war schlank und dunkel, und ihr Gesicht war trotz auffallender Blässe und trotz des müden Ausdrucks in ihren Augen von ungewöhnlicher Schönheit. Das Äußere des zweiten Besuchers war wenig einnehmend: ein untersetztes, ausländisch wirkendes Individuum mit kurzgeschnittenem Bart und wilder Mähne, bis zum Hals in einen alten Pelzmantel gehüllt.

Art schloß die Tür.

»Was soll denn das bedeuten?« fragte er schroff.

»Es hat Ärger gegeben«, antwortete der schlanke Mann verdrossen. »Der Prinz hat ein anderes Angebot erhalten. Er hat zwar einen Teil der Juwelen geschickt, will aber die Perlen und Diamanten nur dann herausgeben, wenn Sie ihm sofort die Hälfte des versprochenen Geldes zahlen. Dies ist Prinzessin Pauline Dimitroff, die Tochter des Prinzen«, stellte er vor.

Art blitzte das junge Mädchen ärgerlich an.

»Sagen Sie mal, junge Dame«, begann er. »Ich nehme an, Sie sprechen doch englisch?«

Sie nickte.

»Das ist nicht die Art und Weise, wie wir in unserem Land Geschäfte machen. Ihr Vater hat mir versprochen ...«

»Mein Vater hat sehr übereilt gehandelt«, unterbrach sie ihn.

Ihr leicht ausländischer Akzent klang entzückend für Berties Ohren. »Er hat sehr viel gewagt. Ich weiß nicht einmal, ob er in dieser ganzen Angelegenheit völlig korrekt gewesen ist. Für Sie ist es natürlich sehr einfach, Sie zahlen ja nur. Wenn er Ihr Geld heute nacht bekommt –«

»Heute nacht?« schrie Art. »Wo soll ich denn heute nacht Geld auftreiben?«

»Mein Vater ist in Holland«, sagte das Mädchen. »Das Flugzeug wartet auf uns.«

»Aber wie soll ich denn das Geld heute nacht noch besorgen?« wiederholte der Kanadier wütend. »Denken Sie, ich trage immer hunderttausend Pfund in meiner Rocktasche herum?«

Sie zuckte die Achseln, wandte sich dann zu dem ungepflegten, kleinen Mann und sagte irgend etwas in einer Sprache, die für Mr. Staffen unverständlich war. Er antwortete mit heiserer Stimme, und sie nickte.

»Pieter sagt, mein Vater würde auch einen Scheck von Ihnen nehmen. Er möchte nur sicher sein, daß er nicht –«, sie hielt inne und suchte nach einem passenden englischen Wort.

»Habe ich etwa schon einmal Ihren Vater übers Ohr gehauen?« fragte Art wutentbrannt. »Ich kann Ihnen jetzt weder Geld noch einen Scheck geben. Ich trete von dem Geschäft zurück.«

Inzwischen hatte der Pilot das Paket, das er unter dem Arm getragen hatte, geöffnet und auf den Tisch gelegt. Bertie Claude schnappte nach Luft beim Anblick dieser gleißenden Prunkstücke. Da lagen Diamanten, gefaßt und ungefaßt; da waren seltsame, alte Schmuckstücke – gewiß Erbstücke sehr alter Familien . . . aber ihr historischer Wert kam Bertie in diesem Augenblick gar nicht zum Bewußtsein. Er winkte Art beiseite.

»Wenn Sie die Leute über Nacht hinhalten könnten«, sagte er leise, »will ich mich verpflichten, alles Geld, das Sie brauchen, allein auf diese Schmucksachen hin aufzubringen.«

Art schütttelte den Kopf.

»Das nutzt nichts, Mr. Staffen. Ich kenne den Burschen hier. Wenn ich ihm nicht noch heute nacht das Geld schicken kann, werde ich von dem Rest des Zeugs nicht das geringste mehr zu sehen bekommen.«

Plötzlich schlug er die Hände zusammen.

»Donnerwetter!« rief er atemlos. »Das ist ein Gedanke! Sie haben ja Ihr Scheckbuch bei sich!«

Kalter Argwohn blitzte aus Bertie Claudes Augen.

»Gewiß, ich habe mein Scheckbuch bei mir«, sagte er, »aber –«

»Kommen Sie mal mit ins Eßzimmer.« Art eilte ihm voraus, schloß dann hinter Bertie die Tür und sagte hastig: »Ein Scheck kann nicht vor zwei oder drei Tagen der Bank vorgelegt werden, ganz sicher noch nicht morgen. Wir können also inzwischen mit dem ganzen Zeug hier in die Stadt fahren, und Sie deponieren alles in Ihrer Bank. Sie könnten alles behalten, bis ich es auslöse. Darüber hinaus könnten Sie morgen früh den Scheck sperren lassen, falls die Steine den Betrag nicht wert sein sollten.«

Bertie überprüfte die Angelegenheit von zehn verschiedenen Gesichtspunkten aus in ebenso viel Sekunden.

»Angenommen, ich datiere den Scheck einige Tage vor, um ganz sicher zu gehen?« fragte er.

»Vordatieren?« fragte Mr. Lomer verwundert. »Was bedeutet das?« Und als Bertie es ihm erklärte, hellte sich sein Gesicht merklich auf. »Aber gewiß!« sagte er. »Das ist ja doppelte Sicherheit. Machen Sie den Scheck zahlbar für übermorgen.«

Bertie zögerte nicht länger. Er setzte sich an den Tisch, zog sein Scheckbuch und seinen Füllfederhalter heraus und schrieb den Scheck aus.

»Schreiben Sie ›An Überbringer‹«, schlug Art vor, als Bertie einen Augenblick zögerte, um den Namen auszufüllen. »So wie Sie es auch bei dem anderen Scheck gemacht haben.«

Bertie nickte und unterzeichnete mit der ihm eigenen schwungvollen Unterschrift.

»Warten Sie eine Sekunde!«

Art ging hinaus und kehrte nach einer Minute zurück.

»Sie haben ihn genommen!« rief er triumphierend aus. »Freundchen«, sagte er, als er dem zufriedenen jungen Mann auf die Schulter klopfte, »jetzt haben Sie es doch geschafft, mit ins Geschäft zu kommen, und ich wollte doch niemand mit drin haben. Wir machen Halbe-Halbe, ich bin ja kein Betrüger! Jetzt kommen Sie mal mit, und ich will Ihnen etwas zeigen, was ich eigentlich keine Menschenseele sehen lassen wollte.«

Er ging in den Korridor voraus und öffnete eine kleine Tür, die zu einer schmalen Steintreppe und in den Keller hinunterführte. Beim Herabsteigen schaltete er das Licht ein und blieb dann vor einer schweren, massiven Tür stehen, die er aufschloß.

»Na?« fragte er. »Haben Sie jemals schon so etwas gesehen?«

Bertie Claude spähte in die Finsternis hinein.

»Ich sehe überhaupt nichts«, begann er, als er plötzlich mit einem so heftigen Stoß in die Dunkelheit hineinbefördert wurde, daß er stolperte.

Im gleichen Augenblick schlug die Tür hinter ihm zu und er hörte, wie sie verschlossen wurde.

»Halt!« schrie er. »Was soll denn das bedeuten?«

»In ein oder zwei Tagen werden Sie das schon selbst herausgefunden haben«, ließ sich Mr. Lomers spöttische Stimme vernehmen.

Art lief schnell die Treppe hinauf, schloß die Tür zum Korridor und ging in den Salon, wo Butler, Diener und Hausmädchen sowie die drei Besucher auf ihn warteten.

»So, der ist gut aufgehoben. Und da kann er bleiben, bis der Scheck fällig ist – Lebensmittel und Wasser im Keller reichen für eine Woche.«

»Hast du ihn herumgekriegt?« fragte der bärtige Russe.

»Herumgekriegt? Das war nur ein Kinderspiel«, sagte der andere verächtlich. »Jetzt aber, Ihr Jungs und Mädels, nichts wie weg, und zwar schnell! Ich habe von dem Esel da unten einen Brief an seinen Bankdirektor bekommen«, er zog das Schreiben hervor und las: »... bitte ich, den Betrag des beiliegenden Schecks an meinen Freund Mr. Lomer auszuzahlen.« Die Truppe murmelte beifällig.

»Ich nehme an, daß das Flugzeug schon wieder zurückgeflogen ist?«

Der Mann in der Lederjacke nickte. »Ja«, sagte er, »ich hatte es nur für den Nachmittag gemietet.«

»Gut! Du kannst nun auch machen, daß du fortkommst. Ray und Al, ihr beide fahrt über Paris nach Le Havre und nehmt von dort das C. P. Boot. Slicky, du nimmst diesen Bart ab und reist offen von Liverpool aus weg. Pauline und Aggie fahren auf dem schnellsten Weg nach Genua, und am 14. nächsten Monats treffen wir uns alle bei Leoni und teilen!«

Zwei Tage später betrat Mr. Art Lomer die vornehmen Büroräume der Northern Commercial Bank und wünschte den Direktor zu sprechen. Dieser Herr las den ihm überreichten Brief, prüfte den Scheck und läutete.

»Das ist eine mächtig große Summe«, sagte Mr. Lomer mit fast ehrfürchtiger Stimme.

Der Direktor lächelte.

»Wir zahlen hier oft sehr große Schecks aus«, meinte er und wandte sich zu dem eintretenden Angestellten. »Mr. Lomer möchte möglichst amerikanische Banknoten haben. Wie geht es denn Mr. Staffen?«

»Gut! Bertie und ich waren gerade in Paris wegen der Gründung dieser neuen Minengesellschaft«, sagte Lomer. »Meine Güte, ist das schwierig, kanadische Industrien in diesem Land zu finanzieren! Aber wir haben doch ganz gute Geschäfte in Paris gemacht.«

Er plauderte weiter über rein geschäftliche Angelegenheiten, bis der Angestellte wieder erschien und einen dicken Stoß Banknoten auf den Tisch legte. Mr. Lomer zog eine Brieftasche hervor, versorgte das Geld sicher darin, schüttelte dem Direktor die Hand und stolzierte in den großen Schalterraum hinaus. Und dann blieb er plötz stehen, denn Mr. J. G. Reeder stand ihm direkt im Weg.

»Zahltag für die Truppe, Mr. Lomer?«

»Ach, Mr. Reeder«, stammelte Art. »Freue mich, Sie zu sehen, aber im Augenblick bin ich ziemlich beschäftigt . . .«

»Was glauben Sie wohl, was unserem lieben Freund Mr. Bertie Claude Staffen passiert ist?« fragte Reeder besorgt.

»Staffen? Der ist in Paris.«

»So schnell?« murmelte Reeder. »Und die Polizei hat ihn doch erst vor einer Stunde aus Ihrem Landhauskeller herausgeholt. Wie wunderbar sind doch unsere modernen Verkehrsmittel!

Eben noch in Marlow, eine Minute später in Paris und in der nächsten – sagen wir mal – in Moskau!«

Art zögerte nicht länger. Er stieß Mr. Reeder beiseite und stürmte zur Tür. Und er war so ärgerlich, daß die beiden Beamten, die ihn dort erwarteten, ihm nur mit größter Mühe die Handschellen anlegen konnten.

»Ja, Sir«, sagte Mr. Reeder zu seinem Chef. »Art reist immer mit seiner Truppe. Und daß diese Truppe völlig unsichtbar blieb, machte mich sehr mißtrauisch. Ich hatte natürlich auch das Haus am Fluß unter Beobachtung, seit Mr. Staffen verschwunden war. Ich weiß, daß das nicht meine Aufgabe war«, entschuldigte er sich, »ich hätte mich nicht einmischen dürfen. Aber, wie ich Ihnen schon oft erklärt habe, die merkwürdigen Gedankengänge meines Gehirns . . .«

DER MARMORDIEB

Der Hauptgrund, warum Mr. Reeder von Margaret Belman Notiz nahm, war, daß sie ebenfalls in Brockley Road wohnte, nur ein paar Türen von seinem eigenen Haus entfernt. Er kannte zwar ihren Namen nicht, denn friedliche Leute waren ihm völlig gleichgültig, aber er hatte doch bemerkt, daß sie sehr hübsch war und daß ihr Gesicht einen so zarten Teint hatte, wie man ihn fast nur auf den Titelblättern der großen Modezeitschriften zu sehen bekommt. Sie war gut gekleidet, und was ihm mehr als alles andere auffiel, war, daß sie sich mit einer gewissen Grazie bewegte – ein besonders erfreulicher Anblick für einen Mann mit Gefühl für Ästhetik.

Hin und wieder war er auf dem Weg zur Trambahnhaltestelle vor ihr oder hinter ihr gegangen und hatte dieselbe Straßenbahn benutzt. Sie stieg regelmäßig an der Ecke des Embankments aus und wurde ebenso regelmäßig dort von einem jungen, gutaussehenden Mann erwartet, mit dem sie weiterging. Die Gegenwart dieses jungen Mannes war eine Quelle stiller Befriedigung für Mr. Reeder, nicht aus einem bestimmten Grund – aber er hatte einen ausgeprägten Sinn für Ordnung; er bevorzugte eine Rose vor einem Hintergrund von Farn, und der Anblick einer Tasse ohne Untertasse verursachte ihm Unbehagen.

Mr. Reeder kam niemals auf die Idee, daß auch er das Interesse und die Neugier von Miss Belman hervorgerufen hatte.

»Dies war Mr. Reeder – er hat irgend etwas mit der Polizei zu tun, glaube ich«, sagte sie.

»Mr. J. G. Reeder?« Roy Master schaute interessiert hinter dem Mann in mittleren Jahren her, der gerade ängstlich über die Straße galoppierte, einen ungewöhnlichen Hut auf dem Hinterkopf und den Schirm wie einen Kavalleriesäbel über der Schulter.

»Guter Gott! Das hätte ich mir nicht träumen lassen, daß er so aussieht!«

»Was ist er denn?« fragte Margaret obenhin, mit ihrem eigenen Problem beschäftigt.

»Reeder? Er ist im Büro der Staatsanwaltschaft – eine Art Detektiv. Letzte Woche ist er als Zeuge in einem großen Kriminalfall genannt worde. Früher arbeitete er für die Bank von England ...«

Plötzlich blieb Miss Belman stehen, und Master sah sie überrascht an.

»Was haben Sie?« fragte er.

»Ich möchte nicht, daß Sie noch weiter mitkommen, Roy«, erklärte sie. »Mr. Telfer hat mich gestern mit Ihnen zusammen gesehen und hat sich ziemlich unverschämt darüber geäußert.«

»Telfer?« rief der junge Mann empört aus. »Dieser kleine Wurm! Was hat er gesagt?«

»Ach, nicht sehr viel«, antwortete sie, aber ihr Tonfall ließ darauf schließen, daß dieses »nicht sehr viel« sie doch verletzt hatte. »Ich gehe weg von Telfer«, sagte sie unerwartet. »Es ist zwar eine gute Stellung, und ich werde nicht so bald eine ähnliche wiederfinden – ich meine, was das Gehalt betrifft, aber ich gehe auf jeden Fall.«

Roy Master versuchte erst gar nicht, seine Genugtuung zu verbergen. »Das freut mich sehr«, rief er nachdrücklich. »Ich kann mir überhaupt nicht vorstellen, wie Sie es so lange in dieser Boudoir-Atmosphäre haben aushalten können. Aber was hat er denn nun eigentlich gesagt?« fragte er wieder und fuhr fort, bevor sie noch antworten konnte: »Auf jeden Fall – Telfers stehen faul. Es sind eigenartige Gerüchte über die Firma im Umlauf.«

»Und ich habe gedacht, es sei eine sehr reiche Gesellschaft«, meinte Margaret erstaunt.

Er schüttelte den Kopf.

»Das war sie mal – aber dann haben sie ganz verrückte Sachen gemacht. Was kann man auch erwarten, wenn ein Phantast wie Sidney Telfer an der Spitze eines solchen Unternehmens steht? Erst im letzten Jahr hat die Gesellschaft sich an Unternehmungen beteiligt, an die keine andere Firma auch nur einen Gedanken verloren hätte – und natürlich ist sie dabei hereingefallen. Telfer hat sogar eine Gesellschaft finanziert, die ein vor dreihundert Jahren gesunkenes spanisches Schiff heben wollte! – Aber was ist denn nun wirklich gestern morgen passiert?«

»Das werde ich Ihnen heute abend erzählen«, versprach sie und verabschiedete sich eilig.

Mr. Sidney Telfer war schon da, als Margaret den Raum betrat, der mit seiner luxuriösen Ausstattung, seinen weichen Teppichen und zierlichen Kleinigkeiten tatsächlich eher nach einem Salon als nach einem Büro aussah.

Der Chef der Telfer-Gesellschaft besuchte nur selten sein Hauptbüro in der Threadneedle Street. Die Atmosphäre dort bedrücke ihn, erklärte er. Es sei alles so abscheulich, so gewinnsüchtig und roh. Der Gründer der Gesellschaft, sein Großvater, war zehn Jahre vor Sidneys Geburt gestorben und hatte das Geschäft seinem ewig kränkelnden Sohn vermacht, der wenige Wochen später, nachdem Sidney das Licht der Welt erblickt hatte, zu Grabe getragen worden war. In der Hand von Treuhändern hatte das Geschäft floriert, trotz der krampfhaften Einmischungsversuche von Sidneys exzentrischer Mutter, deren Eigensinn in einem Testament seinen Höhepunkt erreichte, in dem sie ihn von den meisten Einschränkungen befreite, die sonst vernünftigerweise einem sechzehnjährigen Jungen auferlegt werden.

Der Raum mit seinen bunten Fensterscheiben und seiner eleganten Einrichtung paßte vorzüglich zu Mr. Telfer, der selbst auserlesen gekleidet war. Er war lang und so entsetzlich mager, daß sein abnorm kleiner Kopf nicht sofort auffiel. Als das junge Mädchen ins Zimmer kam, schnüffelte er geziert an einem feinen Batisttaschentuch, und sie dachte, daß er an diesem Morgen noch bleicher war als sie ihn je gesehen hatte – und noch viel abstoßender.

Er folgte ihren Bewegungen mit einem ausdruckslosen Blick, und sie hatte ihm schon seine Briefe auf den Schreibtisch gelegt, bevor er zu sprechen begann.

»Ich nehme an, Miss Belman, Sie werden von dem, was ich Ihnen gestern abend gesagt habe, kein Wort weiter erzählen?«

»Mr. Telfer«, antwortete sie ruhig, »ich möchte diese Angelegenheit überhaupt nicht mehr erwähnen.«

»Ich würde Sie ja heiraten und all das, nur ... diese Klausel im Testament meiner Mutter«, sagte er unzusammenhängend. »Aber darüber könnte man ja hinwegkommen – irgendwann.«

Sie stand vor dem Tisch, die Hände auf die Kante gestützt.

»Ich würde Sie nicht heiraten, Mr. Telfer, auch wenn es keine Klausel im Testament Ihrer Mutter gäbe; der Vorschlag, daß ich mit Ihnen nach Amerika durchgehen soll ...«

»Südamerika«, korrigierte er sie ernsthaft. »Nicht die Vereinigten Staaten; von den Vereinigten Staaten ist nicht die Rede gewesen.«

Trotz Ihres Ärgers hätte Margaret beinahe gelacht.

»Die Hauptsache ist«, begann er ängstlich, »daß Sie die ganze Sache für sich behalten. Ich habe mich die ganze Nacht damit herumgequält. Ich hatte Sie gebeten, mir Ihre Meinung dazu zu schreiben – aber lassen Sie es lieber!«

Jetzt lächelte sie wirklich, aber bevor sie ihm antworten konnte, sprach er schnell weiter, und seine hohe Stimme überschlug sich manchmal quiekend:

»Sie sind ein wunderschönes Mädchen, und ich bin ganz verrückt nach Ihnen, aber ... es gibt eine Tragödie in meinem Leben ... eine wirkliche Tragödie. Und alles geht drunter und drüber. Wenn ich nur ein bißchen Vernunft gehabt hätte, so hätte ich mir jemand genommen, der sich um die Geschäfte gekümmert hätte. Jetzt fange ich an, das einzusehen.«

Zum zweitenmal innerhalb von vierundzwanzig Stunden hatte dieser junge Mann, der sonst so schweigsam war und sich kaum herabgelassen hatte, von ihr Notiz zu nehmen, ihr vertrauliche Mitteilungen gemacht und ihr mit unbeherrschter Zudringlichkeit einen Vorschlag unterbreitet, der sie verblüffte und empörte. Plötzlich schwieg er, fuhr mit dem Taschentuch über seine Augen und sagte dann mit seiner normalen Stimme: »Rufen Sie Billingham an, er soll herkommen.«

Während ihre flinken Finger über die Tasten der Schreibmaschine flogen, fragte sie sich, ob seine Erregung und seine wilde Beredsamkeit wohl etwas mit den Gerüchten zu tun haben mochten, die über die Telfer-Gesellschaft in Umlauf waren.

Mr. Billingham kam, ein unauffälliger, kleiner Mann, kahlköpfig und schweigsam, und verschwand auf seine geheimnisvolle Art im Privatbüro des Chefs. Nichts in seiner Erscheinung oder in seinem Wesen ließ darauf schließen, daß er ein großes Verbrechen plante. Er war dick, beinahe schwammig; abgesehen von seinem gewöhnlichen Stirnrunzeln, zeigte sein wohlwollendes, rundes Gesicht keine Falten.

Am späten Nachmittag erschien Mr. Stephen Billingham, geschäftsführender Direktor der Telfer-Gesellschaft, im Büro der London & Zentralbank, legte einen Scheck über hundertfünfzigtausend Pfund vor, der ihm anstandslos ausgezahlt wurde, und fuhr dann zur Crédit Lyonnais. Er hatte seinen Besuch telefonisch angemeldet, und so lagen in der Bank siebzehn Päckchen französischer Banknoten bereit, jedes im Betrag von einer Million, außerdem ein kleineres Päckchen von hundertsechsundvierzigtausend Francs.

Über die weiteren Maßnahmen Mr. Billinghams wurde nicht viel bekannt. Er war von einem seiner Bekannten gesehen worden, als er in einem Taxi durch Cheapside fuhr; die Spur des Taxis konnte bis Charing Cross verfolgt werden – und dann war er verschwunden. Weder auf den Flugplätzen noch in den Hafenstädten war er gesehen worden, und die Polizei nahm an, daß er mit einem der Ausflugszüge über Le Havre nach Paris gefahren sei.

»Das ist der größte Diebstahl, den wir in den letzten Jahren gehabt haben«, sagte der stellvertretende Oberstaatsanwalt. »Ich würde mich freuen, Mr. Reeder, wenn Sie sich in diese Sache mit hineinschlängeln könnten. Aber treten Sie bloß nicht der Polizei auf die Füße – das sind ganz nette Leute, wenn es sich um Mord handelt, aber wenn es sich um Geld dreht, sind sie ein bißchen empfindlich. Und nun gehen Sie mal los und sprechen mit Sidney Telfer.«

Als Mr. Reeder das Büro der Telfer-Gesellschaft betrat, bemerkte er ein bekanntes Gesicht.

»Verzeihung, ich glaube, ich kenne Sie, junge Dame«, sagte er, und sie lächelte.

»Sie sind Mr. Reeder – wir wohnen in derselben Straße«, begann sie und fügte schnell hinzu: »Kommen Sie in der Angelegenheit von Mr. Billingham?«

»Ja.« Er dämpfte seine Stimme, als ob er von einem toten Freund spräche. »Ich möchte Mr. Telfer sprechen, aber vielleicht können Sie mir auch einige Auskünfte geben.«

Das einzige aber, was sie ihm sagen konnte, war, daß Sidney Telfer sich schon seit sieben Uhr in seinem Büro befand und augenblicklich in einem so bedauernswerten Zustand war, daß sie schon zum Arzt geschickt hatte.

»Ich bezweifle, daß er in der Lage ist, Sie zu sprechen«, meinte sie.

»Ich nehme die Verantwortung auf mich«, entgegnete Mr. Reeder beruhigend. »Ist Mr. Telfer – hm – ein Freund von Ihnen, Miss – «

»Ich heiße Belman.«

Er hatte die flüchtige Röte über ihr Gesicht huschen sehen, und das konnte nur eins von zwei Dingen bedeuten. »Nein, ich bin seine Angestellte – das ist alles.«

Ihr Ton sagte ihm alles, was er wissen wollte. Mr. J. G. Reeder war so etwas wie eine Autorität in Bürofreundschaften.

»Er ist Ihnen wohl ein bißchen lästig gefallen?« murmelte er, und sie warf ihm einen mißtrauischen Blick zu. Was wußte er –

und was hatte Mr. Telfers wahnsinniger Vorschlag mit der gegenwärtigen Katastrophe zu tun? Sie tappte vollkommen im dunkeln über den wahren Sachverhalt und fühlte, daß vollkommene Offenheit am besten war.

»Er wollte also mit Ihnen durchgehen! Du liebe Güte!« Mr. Reeder war schockiert. »Ist er verheiratet?«

»Oh, nein – er ist nicht verheiratet«, erwiderte das Mädchen kurz. »Armer Mensch, er tut mir jetzt ehrlich leid. Ich fürchte, daß der Verlust sehr schwer für ihn ist. Wer würde auch jemals Mr. Billingham verdächtigt haben?«

»Wie wahr!« seufzte Reeder traurig und nahm seinen Kneifer ab, um die Gläser zu putzen. »Ich denke, ich werde jetzt zu ihm hineingehen – ist dies die Tür?«

Sidney hob ruckartig den Kopf hoch und starrte auf den Eindringling. Er hatte fast eine Stunde mit dem Kopf in den Armen am Schreibtisch gesessen.

»Ja ... was gibt's?« fragte er mit schwacher Stimme. »Ich ... ich kann niemand sprechen ... Staatsanwaltschaft?« Er schrie beinahe dieses Wort. »Was hat es für einen Zweck, Billingham zu verfolgen, wenn Sie das Geld nicht zurückbringen können?«

Mr. Reeder wartete, bis er sich etwas beruhigt hatte, und legte ihm dann seine sehr gescheiten Fragen vor.

»Ich weiß überhaupt nichts«, sagte der fassungslose junge Mann. »Ich bin nur so eine Art Strohpuppe. Billingham brachte mir die Schecks zur Unterschrift, und ich unterzeichnete sie. Ich habe ihm niemals Anweisungen gegeben, er handelte immer selbständig. Ich weiß von der ganzen Sache nicht viel. Er hat mir gesagt, er hat mir tatsächlich gesagt, daß die Geschäfte schlecht gehen – und daß nächste Woche eine halbe Million fällig sei ... Oh, mein Gott! Und dann hat er unseren ganzen Barbestand mitgenommen!«

Sidney Telfer legte den Kopf auf die Arme und schluchzte wie ein kleines Kind.

Mr. Reeder wartete einige Augenblicke, bevor er in mitfühlendster Weise noch eine Frage an ihn richtete.

»Nein, ich war nicht hier. Ich war zum Wochenende nach Brighton gefahren, und die Polizei holte mich um vier Uhr morgens aus dem Bett. Wir sind bankrott. Ich muß meinen Wagen verkaufen und aus dem Klub austreten – man kann nicht Mitglied sein, wenn man bankrott ist.«

Es war wenig mehr aus dem völlig zusammengebrochenen Mann herauszubringen, und Mr. Reeder kehrte zu seinem Chef mit einem Bericht zurück, der kaum etwas Neues zu dem bisher Ermittelten hinzufügte. Im Lexikon Mr. Reeders gab es kein Wort für Ferien. Aber auch das Büro des Staatsanwaltes hat seine flaue Zeit, in der die Junioren und die Unterbeamten, ja sogar der Chef selber in Urlaub gehen können und das Büro nur stellvertretend von einem Subaltern-Beamten besetzt ist. Doch für Mr. Reeder hatte die bloße Idee von vergeudeter Zeit etwas Widerwärtiges, und so hielt er sich in seiner freien Zeit dadurch im Training, daß er als Zuhörer im Polizeigericht der Verhandlung von Bagatellfällen lauschte.

John Smith, angeklagt wegen Trunkenheit und wegen Beleidigung des Polizeileutnants Thomas Brown; Mary Jane Haggit, angeklagt wegen Widerstands gegen einen Polizeibeamten in Ausübung seines Dienstes; Henry Robinson als verdächtige Person festgenommen, im Besitz von Einbrecherwerkzeugen, nämlich Meißel und Schraubenzieher; Arthur Moses, angeklagt wegen gemeingefährlichen Autolenkens – alle diese waren faszinierende Gestalten wie aus dem Märchen für den hageren Mann, der zwischen Presse- und Anklagebank saß, seinen steifen Hut neben sich, den Schirm zwischen den Knien und auf dem melancholischen Gesicht einen Ausdruck leiser Verwunderung.

An einem rauhen und nebligen Morgen packte Mr. Reeder seine Akten in den Schrank und suchte zu seiner Erholung den Polizeigerichtshof von Marylebone auf. Zwei Fälle von Trunkenheit, ein Ladendiebstahl und eine Unterschlagung hatten bis jetzt seine Aufmerksamkeit gefordert, als Mrs. Jackson zur Anklagebank geführt wurde, und ein rothaariger Polizeibeamter zum Zeugenstand schritt. Er schwor, die Wahrheit und nichts als die Wahrheit zu sagen, und berichtete seine Geschichte.

»P. C. Perryman Nr. 9717 I. Division«, stellte er sich auf die übliche Weise vor. »Ich hatte heute nacht Dienst in der Edgware Road, als ich um 2.30 früh die Festgenommene mit einem großen

Handkoffer vorbeigehen sah. Als sie mich erblickte, drehte sie sich um und lief schnell in der entgegengesetzten Richtung davon. Das kam mir verdächtig vor, darum holte ich sie ein und fragte sie, wem der Koffer gehöre. Sie sagte, daß es ihr eigener sei und daß sie zum Bahnhof wolle, um einen Zug zu erreichen. In dem Koffer seien ihre Kleider. Da es ein sehr wertvoller Krokodillederkoffer war, forderte ich sie auf, mir den Inhalt zu zeigen. Sie weigerte sich. Sie weigerte sich auch, mir ihren Namen und ihre Anschrift anzugeben, und so forderte ich sie auf, mit mir zur Wache zu gehen.«

Dann sagte ein Polizeiwachtmeister aus.

»Die Verhaftete wurde mir vorgeführt, und ich öffnete in ihrer Gegenwart den Koffer. Er enthielt eine große Menge kleiner Steinbrocken ...«

»Steinbrocken?« unterbrach der Richter ungläubig. »Sie meinen kleine Steinstücke – was für eine Art von Stein?«

»Marmor, Euer Gnaden! Sie sagte, sie brauche sie, um einen kleinen Weg in ihrem Garten anzulegen und sie habe sie vom Hof eines Bildhauers in der Euston Road genommen. Sie gab offen zu, daß sie ein Tor aufgebrochen habe, um in den Hof zu gelangen, und daß sie ihren Koffer ohne Wissen des Bildhauers vollgepackt hätte.«

Der Richter lehnte sich in seinen Sessel zurück und überflog stirnrunzelnd das Protokoll.

»Hier ist keine Anschrift angegeben«, sagte er.

»Sie hat eine Anschrift genannt, aber die war falsch, Euer Gnaden – und sie weigerte sich, noch irgendwelche Erklärungen abzugeben.«

Mr. J. G. Reeder hatte sich auf seinem Stuhl herumgedreht und starrte mit offenem Mund auf die Festgenommene. Sie war groß, breitschultrig und kräftig gebaut. Ihre Hand, die die Schranke der Anklagebank umfaßte, war fast doppelt so groß wie die jeder anderen Frau, die er jemals gesehen hatte. Sie hatte ein breites Gesicht, und obwohl etwas in ihrer Erscheinung war, das ziemlich abstoßend wirkte, machte sie doch einen stattlichen Eindruck. Tiefliegende, braune Augen, eine große, herrische Nase, ein gutgeschnittener Mund und ein Doppelkinn – im Profil nicht besonders attraktiv für jemand, der einen Blick für Frauenschönheit hatte; aber Mr. Reeder mußte als fairer Mann zugeben, daß sie eine recht gutaussehende Frau war. Ihre Stimme war so tief wie eine Männerstimme, vollklingend und kräftig.

»Ich gebe zu, daß ich eine Dummheit gemacht habe. Aber ich hatte diesen Einfall gerade, als ich zu Bett gehen wollte, und so handelte ich ganz impulsiv. Ich könnte es mir durchaus leisten, die Steine zu kaufen – ich hatte über fünfzig Pfund bei mir, als ich verhaftet wurde.«

»Ist das wahr?« Als der Beamte bejahte, wandte der Richter sich mit argwöhnischem Blick wieder an die Frau. »Sie machen uns eine Menge Umstände, weil Sie uns Namen und Anschrift nicht sagen wollen. Ich kann verstehen, daß Sie nicht wollen, daß Ihre Freunde von Ihrem törichten Diebstahl etwas erfahren, aber wenn Sie mir die Auskunft verweigern, bin ich gezwungen, Sie für eine Woche in Gewahrsam zu nehmen.«

Sie war gut, wenn auch einfach gekleidet. Auf einem ihrer kräftigen Finger funkelte ein Diamant, den Mr. Reeder auf hundert Pfund schätzte. ›Mrs. Jackson‹ schüttelte den Kopf: »Ich kann Ihnen meine Anschrift nicht geben.«

Der Richter nickte kurz.

»Zurück in Untersuchungshaft«, sagte er und fügte hinzu, als sie aus der Anklagebank ging, »ich wünsche einen Bericht des Gefängnisarztes über den Geisteszustand der Angeklagten.«

Mr. Reeder erhob sich schnell von seinem Stuhl und folgte der Frau und dem Gefängnisbeamten durch die kleine Tür, die zu den Zellen führte.

›Mrs. Jackson‹ war schon verschwunden, als er den Korridor erreicht hatte, aber der Polizeiwachtmeister stellte gerade den eleganten Handkoffer ab, den er im Gerichtssaal vorgezeigt hatte. Die meisten Beamten des Außendienstes des C. I. D. kannten Mr. J. G. Reeder, und Wachtmeister Mills grinste ihm freundlich zu.

»Was halten Sie davon, Mr. Reeder? Das ist für mich ganz was Neues! Ich habe noch nie gehört, daß bei einem Steinmetz Marmor gestohlen worden ist.«

Er öffnete den Koffer, und Mr. Reeder fuhr mit den Fingern durch die Marmorstückchen.

»Der Koffer und die Beute wiegen über einen Zentner«, sagte der Beamte. »Sie muß stark sein wie ein Straßenarbeiter, wenn sie das getragen hat. Der arme Beamte, der den Koffer zur Wache geschleppt hat, war schweißgebadet, als er ankam.«

Mr. J. G. untersuchte den Koffer. Ein sehr elegantes Stück, Beschläge und Schlösser aus oxydiertem Silber. Weder der Name des Herstellers war innen zu sehen, noch die Initialen des Eigentümers auf der glänzenden Außenseite. Das Seidenfutter hing in Fetzen und war von weißem Marmorstaub bedeckt.

»Ja«, sagte Mr. Reeder zerstreut, »sehr interessant – außerordentlich interessant. Darf man fragen, ob Sie – hm – bei Ihrer Suche – hm – irgendein Dokument gefunden haben?« Der Beamte schüttelte den Kopf. »Oder einen ungewöhnlichen Gegenstand?«

»Nur dies hier.«

Er reichte ihm ein Paar große Lederhandschuhe, die beschmutzt und überall eingerissen waren.

»Die sind schon oft für denselben Zweck benutzt worden«, murmelte Mr. J. G. »Sie hat sich offenbar eine Sammlung von Marmorstückchen angelegt. Was war in ihrer Handtasche?«

»Nur die Banknoten; sie tragen auf der Rückseite den Stempel der Zentralbank. Da müßten wir eigentlich eine Spur finden können.«

Mr. Reeder kehrte in sein Büro zurück, schloß die Tür hinter sich ab, holte ein Paket Spielkarten aus einer Schublade und legte Patiencen – auf diese Weise konnte er am besten nachdenken. Am späten Nachmittag läutete das Telefon, und er erkannte die Stimme von Polizeiwachtmeister Mills.

»Kann ich gleich zu Ihnen kommen? Ja, es handelt sich um die Banknoten.«

Zehn Minuten später war er da.

»Diese Banknoten sind vor drei Monaten an Mr. Telfer ausgegeben worden«, begann der Beamte ohne irgendwelche Vorreden, »und Telfer hat sie seiner Haushälterin, einer gewissen Mrs. Welford, weitergegeben.

»Oh, wirklich?« murmelte Mr. Reeder und zupfte heftig an seiner Unterlippe.

»Und ›Mrs. Jackson‹ ist also dieselbe Dame?« fragte er.

»Ja. Telfer, der arme Teufel, wurde beinahe verrückt, als ich ihm erzählte, daß sie verhaftet ist. Er fuhr sofort in einem Taxi nach Holloway, um sie zu identifizieren. Der Richter hat sie gegen Stellung einer Bürgschaft auf freien Fuß gesetzt. Telfer heulte wie ein kleines Kind – behauptete, sie sei wahnsinnig. Er hat eine fürchterliche Angst vor ihr. Als ich ihn in das Sprechzimmer des Gefängnisses brachte, hat sie ihm nur einen Blick zugeworfen – er ist förmlich zusammengeschrumpft. – Übrigens, noch etwas: Wir haben einen Hinweis in der Billingham-Sache, der Sie interessieren wird. Haben Sie gewußt, daß Billingham und Telfers Sekretärin sehr gute Freunde waren?«

»Ach!« Mr. Reeder war wirklich interessiert. »Sehr gute Freunde? So so!«

»Der Yard hat Miss Belman unter Beobachtung gestellt. Kann natürlich sein, daß nichts dahintersteckt, aber in Fällen wie dem Billinghams ist es oft eine Sache von ›Cherchez la femme‹!«

Mr. Reeder hatte seiner Lippe den Rest gegeben und begann nun, seine Nase zu massieren.

»Gott behüte!« sagte er. »Das ist eine französische Redensart, nicht wahr?«

Er war nicht im Gericht anwesend, als die Marmordiebin nach strenger Ermahnung durch den Richter entlassen worden war, aber es interessierte ihn sehr, zu erfahren, daß die Frau den Bildhauer bezahlt hatte und triumphierend mit ihren Marmorstückchen in ihre hübsche kleine, alleinstehende Villa am Outer Circle von Regents Park gefahren war.

Mr. Reeder verbrachte den ganzen Vormittag in Somerset House, wo er Kopien von Testamenten durchwühlte; den Nachmittag widmete er der Überprüfung von Mrs. Rebecca Alamby Mary Welford.

Sie war die Witwe des Professors John Welford von der Universität Edinburgh, der schon zwei Jahre nach der Hochzeit gestorben war. Sie trat dann in den Dienst von Mrs. Telfer, Sidneys Mutter, und hatte die Erziehung des Jungen von seinem vierten Lebensjahr ab allein übernommen. Als Mrs. Telfer starb, hatte sie die Frau als Vormund für ihren Sohn bestimmt. So war also Rebecca Welford Sidneys Erzieherin und Vormund gewesen und stand jetzt dem Hauswesen des jungen Mannes vor.

Das Haus Mr. Telfers erregte in hohem Maße Mr. Reeders Aufmerksamkeit. Es war ein moderner roter Ziegelbau mit zwei Stockwerken; die eine Frontseite ging auf den Circle hinaus, die andere auf eine Seitenstraße. Ein ausgedehnter Garten neben und hinter der Villa mit einem großen Gewächshaus bildete einen ansprechenden Rahmen für das hübsche Gebäude.

Mr. Reeder stand im Schutz der Hecke an den Holzzaun gelehnt und starrte melancholisch auf das Haus, als er sah, daß sich eine Tür öffnete und die gewaltige Frau herauskam. Sie trug eine Schürze und hatte die Ärmel aufgekrempelt, in der einen Hand hielt sie einen Ascheimer, den sie in einen versteckten Müllkasten leerte, in der anderen einen langen Besen.

Mr. Reeder verschwand schleunigst aus ihrem Blickfeld. Gleich darauf klappte die Tür hinter ihr zu, und er lugte wieder hervor. Da gab es nirgendwo einen Weg aus Marmorstückchen zu sehen, alle Pfade waren mit Kies bedeckt. Er ging zu einer in der Nähe liegenden Telefonzelle und rief sein Büro an, um zu sagen, daß er vermutlich den ganzen Tag auswärts bliebe. Dann kehrte er auf seinen Beobachtungsposten zurück.

Von Mr. Telfer war keine Spur zu sehen, obwohl Reeder wußte, daß er im Haus war.

Die Telfer-Gesellschaft war nun in den Händen des Konkursverwalters, und die erste Gläubigerversammlung war einberufen worden. Sidney hatte erklärt, er sei krank und bliebe zu Bett, und von diesem sicheren Zufluchtsort hatte er seiner Sekretärin die Anordnung geschickt, seine sämtlichen Privatpapiere zu verbrennen. Darunter hatte er noch eine Nachschrift gekritzelt: »Kann ich Sie vielleicht noch in geschäftlichen Angelegenheiten sprechen, bevor ich wegfahre?« Das Wort ›wegfahre‹ war durchgestrichen und durch ›mich zurückziehe‹ ersetzt worden. Mr. Reeder hatte diesen Brief gelesen – die gesamte Korrespondenz zwischen Sidney und seinem Büro wurde ihm nach Absprache mit dem Konkursverwalter zur Einsichtnahme übersandt.

Und das war mit ein Grund, warum Mr. J. G. Reeder so überaus interessiert an dem Haus The Circle 904 war.

Es dämmerte schon, als ein großer Wagen vor dem Haus hielt. Bevor der Fahrer noch seinen Sitz verlassen hatte, öffnete sich die Tür von 904, und Sidney Telfer kam herausgelaufen. Er trug in jeder Hand einen Koffer, und Mr. Reeder erkannte den Krokodillederkoffer wieder, in dem die Haushälterin die Marmorstückchen transportiert hatte. Der Fahrer öffnete die Wagentür, Sidney warf den Koffer hinein und sprang hastig hinterher. Dann fuhr das Auto schnell davon und verschwand in der Kurve des Circle.

Mr. Reeder überquerte die Straße und richtete sich auf seinem Beobachtungsposten ganz nahe der Vorderseite des Hauses ein. Er wartete. Es wurde Nacht, vom Regents Park zog dichter Nebel auf. Das Haus lag fast völlig im Dunkeln, nur ein schwacher Lichtschein drang aus der Halle. Kein Laut war zu hören. Aber die Frau war noch im Haus – Mrs. Sidney Telfer, Kinderfräulein, Vormund und Ehefrau. Mrs. Sidney Telfer, der eigentliche Chef der Telfer Gesellschaft, eine gebieterische Frau, die nicht damit zufrieden war, einen haltlosen, zwanzig Jahre jüngeren Mann geheiratet zu haben, sondern die auch noch ein Geschäft beherrschen wollte, von dem sie nichts verstand und das sie schließlich in den Ruin geführt hatte. Mr. Reeder hatte seine Zeit gut angewandt: Eine Abschrift der Heiratsurkunde war fast ebenso leicht zu bekommen gewesen wie die des Testamentes.

Er schaute sich besorgt um. Der Nebel lichtete sich, und das war nicht günstig für sein Vorhaben.

Und dann geschah etwas Überraschendes. Ein Wagen kam langsam die Straße heraufgefahren und hielt vor dem Gartentor.

»Ich glaube, hier ist es, Miss«, sagte der Fahrer, und ein junges Mädchen stieg aus.

Es war Miss Margaret Belman.

Reeder wartete, bis sie bezahlt hatte und der Wagen wieder abgefahren war, dann trat er aus dem Schatten.

»Oh! Mr. Reeder, Sie haben mich aber erschreckt!« stieß sie hervor. »Ich will Mr. Telfer besuchen – er ist schwerkrank.

Nein, nicht er selbst, seine Haushälterin hat mir geschrieben, daß ich um sieben Uhr kommen soll.«

»Also sie hat Ihnen geschrieben! Schön, ich werde für Sie läuten.«

»Das ist nicht nötig, ich habe mit dem Brief den Hausschlüssel bekommen. Sie ist ganz allein mit Mr. Telfer, der keine Krankenschwester um sich haben will«, sagte Margaret, »und . . .«

»Wollen Sie bitte möglichst leise sprechen, junge Dame!« drängte Mr. Reeder im Flüsterton. »Verzeihen Sie mir diese Ungezogenheit, aber wenn unser Freund krank ist . . .«

Sie war zuerst etwas bestürzt über sein Verhalten, sagte dann aber in leisem Ton: »Er könnte mich doch hier gar nicht hören.«

»Wer weiß – kranke Menschen sind außerordentlich empfindlich gegen den Klang menschlicher Stimmen. Sagen Sie, wie ist Ihnen der Brief zugestellt worden?«

»Vor etwa einer Stunde kam ein Bote.«

Niemand hatte das Haus betreten oder verlassen – außer Sidney. Und Sidney, in seiner besinnungslosen Furcht, würde alle Aufträge seiner Frau ausführen.

Mr. Reeder überlegte einen Augenblick. »Stand in dem Brief, daß sie das Schreiben wieder mitbringen sollten?«

»Nein«, antwortete das junge Mädchen überrascht, »aber Mrs. Welford hat mich gerufen, kurz bevor der Brief kam, und bat mich, auf den Boten zu warten. Und dann hat sie mich auch gebeten, das Schreiben wieder mitzubringen. Aber warum fragen Sie danach, Mr. Reeder, stimmt etwas nicht?«

Er antwortete nicht sofort. Leise schob er sie durch das Gartentor und ging geräuschlos neben ihr auf dem Grasstreifen parallel dem Kiesweg.

»Schließen Sie die Haustür auf, ich komme mit Ihnen hinein«, flüsterte er, und als sie zögerte: »Bitte, tun Sie, was ich Ihnen sage.«

Ihre Hand zitterte, aber schließlich hatte sie den Schlüssel umgedreht, und die schwere Tür schwang auf. Eine kleine Lampe brannte auf einem Tisch in der großen Halle. Auf der linken Seite, nahe dem Fuß der Treppe, von der nur die untersten Stufen zu sehen waren, bemerkte Reeder eine schmale, offenstehende Tür. Er trat einen Schritt darauf zu und erkannte, daß es eine kleine Telefonzelle war.

Und dann rief vom oberen Treppenabsatz herab eine Stimme, eine tiefe, dröhnende Stimme, die er kannte.

»Miss Belman?«

Margaret ging mit klopfendem Herzen an den Fuß der Treppe und blickte nach oben.

»Ja, Mrs. Welford.«

»Haben Sie den Brief mitgebracht?«

»Ja.«

Mr. Reeder schlich an der Wand entlang, bis er dicht neben dem jungen Mädchen stand.

»Gut«, sagte die tiefe Stimme. »Würden Sie bitte den Arzt anrufen – Circle 743 – und ihm sagen, daß es Mr. Telfer schlechter geht – die Telefonzelle ist in der Halle. Und schließen Sie die Tür hinter sich fest zu, Mr. Telfer kann kein Geräusch vertragen.«

Margaret blickte den Detektiv an, und er nickte.

Die Frau da oben wollte Zeit gewinnen für irgend etwas – aber wofür? Das Mädchen ging an ihm vorbei; er hörte das dumpfe Zuschlagen der gepolsterten Tür und dann ein metallisches Klicken, das ihn herumfahren ließ. Das erste, was er bemerkte, war, daß die kleine Tür keine Klinke hatte, das zweite, daß das Schlüsselloch mit einer Metallscheibe abgedeckt war, die, wie er später entdeckte, einen Filzüberzug hatte. Er konnte das junge Mädchen nur undeutlich sprechen hören und preßte sein Ohr an das Schlüsselloch.

»Der Apparat ist gestört – und ich kann die Tür nicht aufmachen.«

Ohne eine Sekunde zu zögern, flog er die Treppe hinauf, den Schirm in der Hand. Als er auf dem oberen Absatz war, hörte er eine Tür zukrachen, die zu einem Zimmer genau über der Halle führte.

»Machen Sie auf«, befahl er.

Ein tiefes Lachen antwortete ihm.

Mr. Reeder drehte den kräftigen Handgriff seines Regenschirms. Stahl blitzte auf, als er das untere Ende fallen ließ, und in seiner Hand erschien ein starkes Dolchmesser. Der erste Stich fuhr durch das dünne Holz der Tür wie durch Papier. Im nächsten Augenblick war dort ein zackiger Spalt entstanden, durch den er die schwarze Mündung seiner Automatic stieß.

»Stellen Sie diesen Krug weg oder ich jage Ihnen eine Kugel durch den Kopf«, rief Mr. Reeder.

Der Raum war hell erleuchtet, und er konnte alles deutlich erkennen. Mrs. Welford stand neben einer großen Röhre, die im Fußboden mündete. In der Hand hielt sie eine riesige Emaillekanne, und weitere sechs standen neben ihr auf dem Boden. In einer Ecke des Zimmers war ein großer runder Kessel, aus dem ein starkes Kupferrohr herausführte. Die Frau blickte ausdruckslos zu Mr. Reeder.

»Er wollte mit ihr durchbrennen«, sagte sie einfach, »nach allem, was ich für ihn getan habe!«

»Machen Sie die Tür auf!«

Mrs. Welford setzte den Krug nieder und strich sich mit ihrer großen Hand über die Stirn.

»Sidney gehört mir, er ist mein Liebling«, murmelte sie, »ich habe ihn von klein auf betreut, ich habe ihn großgezogen – und es war mehr als eine Million in dem Schiff – alles pures Gold. Aber sie haben ihn betrogen.«

Sie sprach von einer der unseligen Unternehmungen der Telfer-Gesellschaft – der Auffindung des versunkenen Schatzschiffes, für die die Gesellschaft ein Vermögen herausgeworfen hatte. Und sie war wahnsinnig! Er hatte es beim ersten Anblick dieser herrischen Frau vermutet.

»Öffnen Sie; wir wollen über alles sprechen. Ich bin davon überzeugt, daß es ein sehr vernünftiger Plan war, das spanische Schiff zu heben.«

»Nicht wahr?« rief sie eifrig, und in der nächsten Minute war die Tür offen, und Mr. Reeder trat in diesen Raum des Todes.

»Vor allem geben Sie mir den Schlüssel zur Telefonzelle – Sie denken völlig falsch von der jungen Dame: Sie ist ja meine Frau.«

Die Wahnsinnige starrte ihn mit leerem Blick an.

»Ihre Frau?« Dann veränderte ein langsames Lächeln ihr Gesicht.

»Ach – ich war dumm. Hier ist der Schlüssel.«

Er überredete sie, mit ihm nach unten zu gehen; während er die erschreckte Miss Belman befreite, flüsterte er ihr ein paar Worte zu, und sie verließ eiligst das Haus.

»Wollen wir ins Wohnzimmer gehen?« fragte Reeder, und Mrs. Welford zeigte ihm den Weg.

»Und nun erzählen Sie mir alles über diese Krüge, ja?« fragte er freundlich.

Sie saß auf der Kante des Sofas, die Hände über den Knien gefaltet, und ihre tiefliegenden Augen starrten auf den Teppich.

»John – das war mein erster Mann – hat mir davon erzählt. Er war Professor der Chemie und der Naturwissenschaften und beschäftigte sich auch viel mit Elektrotechnik. Es ist so einfach, wenn man Strom hat. – Wir kochen und heizen ja nur mit Strom in diesem Haus. Und dann habe ich gesehen, daß mein armer Liebling ruiniert worden ist – und ich habe herausgefunden, wieviel Geld auf der Bank war. Ich habe dann Billingham beauftragt, das Geld abzuheben und es mir zu bringen, ohne daß Sidney davon etwas merkte. Billingham kam dann am Abend her. Ich hatte Sidney weggeschickt – ich glaube, nach Brighton. Ich habe alles selbst gemacht – ein neues Schloß an der Telefonzelle angebracht und das Rohr von dort zu meinem Zimmer gelegt. Es war ganz einfach, wieder zu lüften, wenn man nur alle Türen aufmachte und einen elektrischen Ventilator anstellte ...«

Die Frau war noch dabei, ihm von dem behelfsmäßigen Schmelzofen im Gewächshaus zu erzählen, als die Polizei mit einem Arzt erschien. Sie nahmen sie mit, und sie vergoß bittere Tränen, weil nun niemand mehr da war, der Sidneys Hemden und Krawatten bügeln würde.

Mr. Reeder ging mit dem Inspektor in das kleine Zimmer im ersten Stock und zeigte ihm die Vorrichtungen.

»Dieses Rohr führt zur Telefonzelle«, begann er.

»Aber die Krüge sind doch leer«, unterbrach ihn der Beamte.

Mr. J. G. Reeder zündete ein Streichholz an, wartete, bis es hell brannte, und hielt es dann in einen der Krüge. Es erlosch sofort.

»Carbonmonoxyd«, sagte er ruhig. »Man erhält es, wenn man Marmorstücke in eine bestimmte Säuremischung legt – sie finden die Mischung in dem Kessel dort. Das Gas ist farblos und geruchlos – und schwer. Sie können es wie Wasser aus einem Krug ausgießen. Die Frau hätte die Marmorstückchen ja auch kaufen können, aber sie befürchtete, Verdacht zu erregen. Auf diese Weise ist Billingham getötet worden. Sie veranlaßte ihn unter irgendeinem Vorwand, die Telefonzelle zu betreten, wahrscheinlich hat sie selbst die Tür hinter ihm geschlossen, und dann hat sie ihn schmerzlos getötet.«

»Und was hat sie mit der Leiche gemacht?« fragte der entsetzte Beamte.

»Kommen Sie mit in das Gewächshaus«, forderte Mr. Reeder ihn auf, »aber erwarten Sie nicht, etwas Schreckliches zu sehen: Ein elektrischer Schmelzofen löst sogar einen Diamanten in seine Bestandteile auf.«

Mr. Reeder ging in dieser Nacht sehr verstört nach Hause und lief fast eine Stunde in seinem großen Arbeitszimmer in Brockley Road auf und ab.

Ein lebenswichtiges Problem füllte ganz sein Denken aus: Mußte er sich bei Margaret Belman entschuldigen, weil er behauptet hatte, sie sei seine Frau?

EIN MELODRAMA

Es war Mr. Reeder, der die Razzia auf Tommy Fenalows Unterschlupf geplant und alle Einzelheiten dazu ausgearbeitet hatte – mit Ausnahme der Zusammensetzung des Überfallkommandos. Tommy hatte eine Niederlassung in Golders Green, wohin seine vertrauenswürdigen Agenten kamen, um hundert Pfund in Banknoten für sieben Pfund oder tausend für siebzig Pfund zu kaufen. Nur Experten konnten den Unterschied zwischen Tommys Währung und den Noten der Königlichen Staatsdruckerei erkennen. Da gab es die richtigen Schattierungen von braun und grün, die Nummern stimmten mit den echten Serien überein, und das Papier war einwandfrei. Sie wurden für drei Pfund pro Tausend in Deutschland gedruckt, und Tommy machte tausend Prozent Gewinn dabei.

Mr. Reeder hatte in seiner Freizeit alles über Tommys Niederlassung herausgefunden und berichtete seinem Chef, dem Ersten Staatsanwalt, darüber. Von Whitehall nach Scotland Yard geht man nur zwei Minuten, und genauso lange dauerte es, bis die Information drüben war.

»Nehmen Sie Inspektor Greash mit und leiten Sie selbst die Razzia«, lautete der Befehl.

Reeder überließ dem Inspektor die Vorbereitungen. Unter den Beamten, die von der beabsichtigten Razzia unterrichtet wurden, befand sich jedoch ein Kriminalbeamter, der mehr Geld aus seinen zweifelhaften Verbindungen herausholte als er von der Regierung erhielt. Dieser Beamte ›verpfiff‹ die Razzia an Tommy, und als Mr. Reeder mit seinen kühnen Männern in Golders Green erschien, fand er Tommy mit drei Freunden beim friedlichen Kartenspiel. Die wenigen Banknoten, die er entdeckte, waren goldecht.

»Schade«, seufzte J. G., als sie wieder auf der Straße waren. »Wirklich jammerschade! Aber ich hatte natürlich nicht die leiseste Ahnung, daß der Kriminalbeamte Wilshore in unserer Abteilung sein würde. Er ist – hm – nicht so ganz vertrauenswürdig.«

»Wilshore?« fragte der Inspektor entsetzt. »Wollen Sie damit sagen, daß er uns an Tommy ›verpfiffen‹ hat?«

Mr. Reeder kratzte seine Nase und meinte freundlich, daß das tatsächlich seine Meinung sei.

»Er hat ein ziemlich großes Einkommen aus verschiedenen Quellen – übrigens hat er auf den Mädchennamen seiner Frau ein Konto bei der Midland Bank. Ich erzähle Ihnen das für den Fall – hm . . . es kann vielleicht mal nützlich sein.«

Es war nützlich genug, um den pflichtvergessenen Wilshore sofort aus dem Polizeidienst zu entlassen, aber es reichte nicht aus, um Tommy zu fassen, dessen Abschiedsworte lauteten: »Sie sind schlau, Reeder; aber Sie brauchen vor allem Glück, wenn Sie mich kriegen wollen!«

Tommy pflegte diesen Teil der Unterhaltung jedem zu erzählen, der daran interessiert war. Es war eine Begegnung, auf die er mit Recht stolz war, denn nur wenige Händler aus dieser Branche waren nach einem Zusammentreffen mit Mr. Reeder wieder entschlüpft.

»Das war mir tausend Pfund wert – zehntausend! Ich würde das Geld mit Freuden zahlen, wenn ich dem alten Hund eins auswischen könnte! Ich denke, der Yard wird es sich jetzt zweimal überlegen, bevor er mich nochmal für dumm verkaufen will – und das ist der wirkliche Knüller der ganzen Razzia.«

Mr. Fenalow erzählte diese Geschichte einem gewissen Ras Lal Punjabi, seinem ehrenwerten und zahlenden Gast, und die Folgen waren sehr merkwürdig.

Ein guter Wein schmeckt am besten in seinem Ursprungsland, und eine große Anzahl von Verbrechen läßt sich am besten im Heimatland durchführen. Der amerikanische Geldschrankknacker kann in Frankreich nur dann mit Erfolg arbeiten, wenn er sich den kontinentalen Methoden anpaßt. Der europäische Dieb ist zwar in der Lage, seinen Lebensunterhalt in orientalischen Ländern zu verdienen, doch es gibt wohl nichts Tragischeres in der Welt als einen Orientalen, der versucht, sich in die europäischen Verbrechertricks hineinzufinden.

Ras Lal Punjabi erfreute sich in indischen Polizeikreisen des Rufes, einer der geschicktesten Verbrecher zu sein, die Indien jemals hervorgebracht hat. Mit Ausnahme einer kurzen Haftstrafe in Poona hatte Ras Lal niemals das Innere eines Gefängnisses gesehen. Sein Ruhm in gewissen Kreisen war so groß, daß man während seiner kurzen Festsetzung in bestimmten Tempeln für seine Befreiung betete, und man war allgemein der Überzeugung, daß er niemals verurteilt worden wäre, wenn nicht der Sahib Polizeikommissar als Zeuge geschworen hätte. Natürlich hängen alle Sahibs wie die Kletten zusammen, und es war ein europäischer Richter, der ihn ins Kittchen geschickt hatte.

Ras Lal war hauptsächlich Spezialist für Juwelendiebstähle. Er war ein Mann von elegantem Äußeren, sein glänzendes, schwarzes Haar war seitlich gescheitelt und ringelte sich wellig über eine Augenbraue. Er sprach wirklich ganz gut englisch, hindustanisch und tamilisch und hatte sogar eine skizzenhafte Ahnung vom Gesetz. Vor allem aber verstand er eine ganze Menge von kostbaren Steinen.

Während Mr. Ras Lal Punjabis kurzem Aufenthalt in Poona heiratete der Sahib Polizeikommissar mit dem unromantischen Namen Smith ein nicht schönes, aber reiches Mädchen. Smith Sahib wußte, daß Schönheit nur etwas Oberflächliches ist, daß aber ein gutes Herz, wie jedermann bekannt, einer ganzen Garnitur von Adelskronen vorzuziehen ist. Es war eine wirkliche Liebesheirat. Ihr Vater besaß Jutemühlen in Kalkutta, und bei festlichen Gelegenheiten wie dem Ball des Gouverneurs, war die junge Dame mit einem kleinen Vermögen an Schmuck behängt; aber sogar reiche Leute können um ihrer selbst willen geliebt werden.

Ras Lal verdankte seine Gefängnisstrafe einem mißglückten Versuch, sich zwei Perlenketten der betreffenden jungen Dame anzueignen. Als er nach seiner Entlassung erfuhr, daß Smith Sahib diese glänzende Erscheinung geheiratet hatte und mit ihr nach England gefahren war, nahm er natürlich an, daß seine Verurteilung auf rein persönliche Gründe zurückzuführen sei – und er schwor Rache!

Nun ist es eine Tatsache, daß man Informationen, für die ein englischer oder amerikanischer Juwelendieb Unsummen ausgeben muß, in Indien schon zum Preise weniger Rupien haben kann. Als Ras Lal nach England kam, mußte er einsehen, daß er diese wichtige Tatsache nicht berücksichtigt hatte.

Smith, Sahib und Memsahib, waren nicht in London; tatsächlich befanden sie sich auf hoher See, auf dem Weg nach New York, als Ras Lal unter der herkömmlichen Anklage, eine ›verdächtige Person‹ zu sein, verhaftet wurde. Ras hatte sich an die Fersen von Smiths Butler geheftet, hatte ihn zu einem Glas Bier eingeladen und ihm ungeheure Summen geboten, wenn er ihm den Platz, den Behälter, die Schublade, den Safe, den Schmuckkasten oder die Kassette verraten würde, wo Memsahib ihre Juwelen verwahrte. Seine Begründung für diese Fragen war von einer beklagenswerten Einfallslosigkeit. Er behauptete nämlich, daß er mit seinem Bruder gewettet habe, die Juwelen seien unter Memsahibs Bett verborgen. Der Butler, ein ehrlicher Mann, obschon er das Bier getrunken hatte, benachrichtigte sogleich die Polizei. Ras Lal und sein Freund und Gehilfe Ram wurden festgenommen, vor ein Gericht gestellt und wären beinahe wieder entlassen worden, wenn nicht zufällig Mr. Reeder den Polizeibericht in die Hand bekommen und aus seinen eigenen Aufzeichnungen sehr wichtige Einzelheiten über die Vergangenheit des Orientalen geliefert hätte. Deshalb wurde Mr. Ras Lal zu sechs Monaten Zwangsarbeit ins Zuchthaus geschickt – und noch mehr als diese Tatsache wurmte ihn der Gedanke, daß die Geschichte seines schimpflichen Versagens sich durch ganz Indien verbreiten würde.

Dies war es, was ihn in seiner einsamen Zelle in Wormwood Scrubbs peinigte. Was würde Indien von ihm denken? Er würde zum Gespött der Basare werden, und man würde hohnlachen über ihn. Und automatisch schaltete er seinen Haß von Smith Sahib auf Mr. J. G. Reeder um. Sein Haß war um so bitterer wegen der Unwichtigkeit und Bedeutungslosigkeit dieses Reeder Sahib, den er als eine ›alte Kuh‹, ein ›schleichendes Wiesel‹ oder mit Ausdrücken betitelte, die besser unübersetzt bleiben. Und in den sechs Monaten seiner Haft plante er fürchterliche Vergeltungsmaßnahmen.

Nach seiner Entlassung aus dem Zuchthaus entschied er, daß die Zeit für eine Rückkehr nach Indien noch nicht reif sei. Er wünschte, sich ein vollständiges Bild von Mr. J. G. Reeder und seinen Gewohnheiten zu machen – als vermögender Mann konnte er sich Zeit lassen und Geschäft und Vergnügen verbinden.

Mr. Tommy Fenalow hatte Mittel und Wege gefunden, mit dem Gentleman aus dem Orient während seines Aufenthaltes in Wormwood Scrubbs Verbindung aufzunehmen, und die hübsche Limousine, die am Entlassungstag am Tor von Scrubbs auf Ras Lal wartete, war von Tommy gemietet worden. Diesem strebsamen Geschäftsmann war nämlich von seinem deutschen Drucker das Angebot einer neuen Serie von Einhundert-Rupien-Noten gemacht worden, und er witterte nun die Möglichkeit, einen höchst lohnenden Nebenverdienst aufzubauen.

»Sie kommen mit mir und wohnen auf meine Kosten bei mir, Junge«, begrüßte ihn der sympathische Tommy, der sehr klein und sehr dick war und hervorquellende Augen wie ein Mops hatte. »Der alte Reeder hat Ihnen übel mitgespielt, und ich werde Ihnen einen Tip geben, wie Sie es ihm heimzahlen können – ohne jedes Risiko und mit neunzig Prozent Gewinn. Passen Sie auf, ein Freund von mir . . .«

Es war niemals Tommy selbst, der Falschgeld zu verkaufen hatte: stets war es ein mysteriöser ›Freund‹, der mit ›Blüten‹ handelte.

Ras bezog ein Apartment in einem Wohnblock, der Mr. Fenalow gehörte – Tommy Fenalow war wirklich ein sehr reicher Mann.

Einige Wochen später traf Tommy auf der St. James Street seinen alten Feind.

»Guten Morgen, Mr. Reeder.«

Mr. J. G. Reeder blieb stehen und drehte sich um.

»Guten Morgen, Mr. Fenalow«, antwortete er wohlwollend. »Ich freue mich, daß Sie wieder entlassen sind, und ich hoffe, daß Sie jetzt eine mehr – hm – legitime Betätigung für Ihre großen Talente finden werden.«

Tommy wurde rot vor Wut.

»Ich habe nicht gesessen, und das wissen Sie genau, Reeder. An Ihnen hat es übrigens nicht gelegen. Aber wenn man mich fangen will, gehört mehr als Schlauheit dazu – man muß vor allem Glück haben! Übrigens kann mir kein Mensch etwas anhängen – ich habe in meinem ganzen Leben noch kein krummes Ding gedreht, das dürfte Ihnen wohl bekannt sein!«

Er war so wütend, daß er all die feinen, ironischen Anspielungen vergessen hatte, die er Mr. Reeder unter die Nase reiben wollte.

Tommy hatte eine Verabredung mit Ras Lal, und ihre Unterhaltung verlief durchaus zufriedenstellend. Mr. Ras Lal war mit seinem neuen Freund an einem unbequem gelegenen Treffpunkt verabredet.

»Das ist der letzte Platz in der Welt, wo der alte Reeder etwas suchen würde«, rief Tommy enthusiastisch, »und wenn er es doch täte, würde er nichts finden. Bevor er überhaupt in das Haus 'reinkäme, wäre das Zeug weg, und er könnte in den Mond sehen!«

»Das ist eine äußerst vorteilhafte Unterkunft«, meinte Ras Lal.

»Sie gehört Ihnen, mein Junge«, erwiderte Tommy großartig. »Das ist für mich nur ein Umschlagplatz. Die Ware bleibt keine Stunde hier, und in der übrigen Zeit ist der Laden leer. Wie ich schon gesagt habe, der alte Reeder braucht schon ein bißchen mehr als bloß Schlauheit – er braucht einen Haufen Glück!«

Beim Weggehen überreichte er seinem neuen Kunden einen Schlüssel und fügte noch einige warnende Worte hinzu.

»Nehmen Sie sich in acht, wenn sie spätabends hierherkommen. Die Polizeistreife passiert die Straße um zehn, um eins und um vier Uhr. Wann reisen Sie eigentlich nach Indien ab?«

»Am dreiundzwanzigsten«, antwortete Ras, »und bis dahin werde ich mich auch an diesem Reeder gerächt haben.«

»Ich möchte um keinen Preis in seinen Schuhen stecken.« Tommy grinste. Er konnte es sich leisten, kriecherisch zu sein, denn in seiner Tasche steckten zweihundert Pfund in echten Noten, die ihm Ras als Vorschuß gezahlt hatte für eine riesige Menge Geld, das nicht so echt war.

Einige Tage später besuchte Ras Lal das Orpheum-Theater, und es war kein Zufall, daß am gleichen Abend auch Mr. Reeder mit einer hübschen, jungen Dame dort anwesend war.

Wenn Mr. J. G. Reeder eine Vorstellung besuchte – und er tat dies nur, wenn er Freikarten hatte –, suchte er sich immer ein Melodrama aus mit spannenden Dialogen und aufregenden Ereignissen, wie Eisenbahnzusammenstößen, haarsträubenden Schiffskatastrophen und rasenden Pferderennen, bei denen der Außenseiter mit einer Nasenlänge gewann. Blasierte Kritiker finden so etwas natürlich absurd, aber Mr. Reeder sah in alledem das wahre Leben. Gewöhnlich ging er ohne Begleitung aus, denn er hatte keine Freunde, und fünfzig Jahre waren gekommen und gegangen, ohne eine Romanze in sein Leben zu bringen.

Dann hatte Mr. Reeder ein Mädchen kennengelernt, dem kein anderes Mädchen gleichkam. Sie hieß Margaret Belman, und er hatte ihr das Leben gerettet. Daran dachte er aber weniger als an die Tatsache, daß er zuerst einmal ihr Leben in Gefahr gebracht hatte. Und dann gab es noch einen ganz anderen Grund, warum ihn ein Schuldgefühl plagte.

Eines Tages dachte er wieder an sie – er verbrachte sein Leben damit, an Leute zu denken, obwohl die meisten von ihnen weniger respektabel waren als Miss Margaret Belman. Er vermutete, daß sie den sehr gut aussehenden jungen Mann heiraten würde, der sie immer morgens am Embankment erwartet hatte und jeden Abend mit ihr zur Lewisham High Road zurückgekommen war. Das würde eine sehr hübsche Hochzeit geben, mit Mietautos, der Vikar würde die Trauung vornehmen, das Hochzeitsfrühstück würde die Stadtküche liefern, und Braut und Bräutigam mitsamt der ganzen Hochzeitsgesellschaft würden fotografiert werden. Und danach würden sie mit einem Mietwagen nach Eastbourne fahren und dort kostspielige Flitterwochen verleben. Und schließlich würden sie es zu einem eigenen kleinen Wagen bringen und jeden Samstagnachmittag zum Tennisspielen fahren.

Mr. Reeder stieß einen tiefen Seufzer aus. Wieviel befriedigender war doch ein Theaterstück, wo alle Schwierigkeiten im ersten Akt beginnen, aber im letzten alles in schönster Ordnung ist! Er fingerte geistesabwesend an den zwei grünen Kärtchen, die ihm morgens zugeschickt worden waren. Reihe A, Sitz 17 und 18. Sie kamen von einem Manager, der sich ihm verpflichtet fühlte, und sie waren für das Orpheum, wo ›Lodernde Rache‹ gespielt wurde. Das hörte sich vielversprechend an.

Reeder hatte schon einen Briefumschlag in der Hand, um eine der Karten zurückzuschicken, als ihm eine Idee kam. Er war Miss Margaret Belman etwas schuldig, und diese Schuld plagte sein Gewissen. Er hatte sie einmal in einer Notlage als seine Frau bezeichnet. Diese groteske Anmaßung hatte er sich zwar nur herausgenommen, um eine Wahnsinnige zu beruhigen – aber immerhin hatte er diesen Anspruch auf Miss Belman erhoben. Sie war jetzt in einer guten Stellung als Sekretärin einer

Behörde, und sie hätte sich dafür bei Mr. Reeder bedanken können, wenn sie es nur gewußt hätte.

Er nahm den Hörer ab, wählte ihre Nummer und hörte nach kurzer Pause ihre Stimme.

»Hm – Miss Belman«, rief Mr. Reeder und hustete. »Ich habe – hm – für heute abend zwei Theaterkarten. Hätten Sie Lust hinzugehen?«

Man konnte fast hören, wie erstaunt sie war.

»Das ist aber sehr nett von Ihnen, Mr. Reeder, ich komme sehr gern mit.«

Mr. J. G. Reeder wurde blaß.

»Ich wollte sagen, daß ich *zwei* Karten habe – ich dachte, daß Sie vielleicht mit Ihrem – hm – daß Ihr – daß Sie vielleicht mit irgend jemand gern hingehen möchten. Ich meine ...«

Er hörte ein freundliches Lachen am anderen Ende des Telefons.

»Was Sie wirklich meinen, ist, daß Sie keine Lust haben, mich mitzunehmen«, neckte sie ihn, und für einen Mann von seiner Erfahrung benahm er sich reichlich ungeschickt.

»Ich würde es mir zu Ehre anrechnen, wenn ich Sie begleiten dürfte«, stotterte er voller Schrecken, daß er sie womöglich beleidigt haben könnte, »aber eigentlich hatte ich gedacht –«

»Wir treffen uns also vor dem Theater – welches ist es denn? Orpheum – wie schön! Dann bis acht Uhr.«

Mr. Reeder legte den Hörer auf die Gabel und tupfte sich die Schweißtropfen von der Stirn. Er war in seinem ganzen Leben noch niemals mit einer Dame ausgegangen, und als ihm langsam die furchtbare Wirklichkeit dieses Abenteuers zum Bewußtsein kam, stockte ihm der Atem. Ein Mörder, der aus heiteren Träumen erwachend, sich in der Todeszelle wiederfindet, konnte nicht entsetzter sein als Mr. Reeder, der sich aus dem Gleichmaß seines Lebens herausgerissen und zu dem furchtbaren Strudel des Ungewohnten hingezerrt fühlte.

»Gott schütze mich«, sagte Mr. Reeder und gebrauchte damit einen höchstpersönlichen Ausdruck, der für seine ganz privaten Krisen reserviert war.

Er beschäftigte in seinem Privatbüro eine junge Frau, die eine peinlich genaue Arbeitsdisziplin mit dem vollständigen Fehlen jener Reize verband, welche Männer in Halbgötter verwandeln und deretwegen in alten Zeiten die Armeen des Perseus die Wälle Trojas stürmten. Reeder glaubte, daß sie Miss Oliver hieß, in Wirklichkeit war sie jedoch eine verheiratete Frau und hatte zwei Kinder – aber davon hatte er keine Ahnung. Zu ihr also begab er sich in das oberste Stockwerk und heischte Rat und Hilfe.

»Es gehört nicht – hm – zu meinen Gewohnheiten – hm –, Damen ins Theater auszuführen und ich habe keine Ahnung, was da von mir erwartet wird, besonders, da ich die junge Dame – hm – kaum näher kenne.«

Seine kaltschnäuzige Sekretärin lächelte heimlich. In seinem Alter! Reeder notierte ihre Ratschläge.

»Also Konfekt auch? Wo bekommt man das? – Ach ja, ich erinnere mich, man kann es im Foyer kaufen. Besten Dank, Miss.«

Als er hinausging und die Tür behutsam hinter sich schloß, lachte sie spöttisch. »In diesem Alter schnappen sie alle über«, sagte sie unehrerbietig.

Margaret wußte kaum, was sie erwartete, als sie in das strahlend erleuchtete Foyer des Orpheum trat. Was war wohl das abendliche Gegenstück zu den derben Schuhen und dem altmodischen Überzieher, die er bei der Arbeit trug? Sie wäre an dem elegant gekleideten Herrn im korrekten Abendanzug vorbeigegangen, wenn er sie nicht angesprochen hätte.

»Mr. Reeder!« Sie schnappte nach Luft.

Es war wirklich Mr. Reeder. Tadellos vom Kopf bis zu den Füßen, den Abendanzug nach der letzten Mode, mit glänzenden, schmalen Schuhen. Denn Mr. Reeder, der sich wie viele andere Männer in den Geschäftsstunden nach seinem eigenen Geschmack kleidete, folgte blindlings den Vorschriften seines Schneiders, sobald es sich um festliche Gewandung handelte. Mr. J. G. Reeder war sich niemals seiner Kleidung bewußt, gut oder schlecht – er war sich dagegen sehr bewußt seiner neuartigen Verantwortung.

Er nahm ihr den Mantel ab und überreichte ihr das Programm und eine große Bonbonniere, die mit seidenen Bändern verziert war. Es dauerte noch eine Viertelstunde, bis der Vorhang aufging, und Margaret fühlte sich verpflichtet, eine Erklärung abzugeben.

»Sie sprachen heute nachmittag von jemand, mit dem ich vielleicht ausgehen wollte«, begann sie. »Hatten Sie damit Roy gemeint, den jungen Mann, den ich öfter an der Haltestelle getroffen habe?«

Mr. Reeder *hatte* diesen jungen Mann gemeint.

»Er und ich waren gute Freunde«, sagte sie. »Nichts weiter – und jetzt sind wir nicht einmal mehr das.«

Sie sagte nicht, warum. Sie hätte es ihm in einem Satz erklären können, wenn sie ihm erzählt hätte, daß Roys Mutter eine exaltiert hohe Meinung von den Qualitäten ihres einzigen Sohnes hatte, körperlich sowohl wie geistig – und daß Roy durchaus dem Urteil seiner Mutter beipflichtete; aber sie sagte nichts.

»Ach«, murmelte Mr. Reeder unglücklich.

Bald darauf erstickten die dröhnenden Klänge des Orchesters jede weitere Unterhaltung, da ihre Plätze sich in der ersten Reihe direkt vor den Blechinstrumenten und nahe den Holzbläsern befanden.

Während des aufregenden ersten Aktes warf Margaret ab und zu einen verstohlenen Blick auf ihren Begleiter. Sie hatte erwartet, daß der schreiende Gegensatz zwischen dem wirklichen Leben und der theatralischen Handlung ihn entweder langweilen oder spöttisch stimmen würde – aber wann auch immer sie ihn beobachtete, stets war er von dem Geschehen auf der Bühne gänzlich gefesselt. Sie konnte beinahe fühlen, wie er zitterte, als der Held des Stückes an einen Klotz gebunden und in den tosenden Gebirgsbach geworfen wurde, und sie hörte einigermaßen verblüfft seinen befreiten Seufzer, als das Fallen des Vorhangs den Helden vor dem Schlimmsten bewahrte.

»Haben Sie sich nicht gelangweilt?« fragte Margaret, als das Licht im Zuschauerraum wieder anging.

»Sie meinen, daß ich das Stück langweilig finde? Lieber Himmel, nein! Ich finde es wunderbar.«

»Aber es ist doch alles so unwirklich. Die ganze Handlung ist so abenteuerlich, und dann diese merkwürdigen Zufälle – bitte, schauen Sie mich nicht so beunruhigt an, mir macht es ja viel Vergnügen. Ich hatte nur gedacht, daß ein Mann wie Sie, der so viel von Kriminologie versteht – so heißt das doch, nicht wahr? –, daß der das alles ein bißchen lächerlich findet.«

Mr. Reeder war beunruhigt. »Ich fürchte, daß dies doch wohl nicht die richtige Art von Theaterstück für Sie ist –«

»Aber doch – ich mag Melodramen sehr. Aber ist nicht alles ein bißchen an den Haaren herbeigezogen? Zum Beispiel, daß der Mann an den Klotz gefesselt wird und seine eigene Mutter mit der Ermordung ihres Sohnes einverstanden ist!«

Mr. Reeder rieb gedankenvoll seine Nase.

»Die Bermondsey-Bande fesselte Harry Salter auf ein Brett und stürzte ihn zu Tode, genau gegenüber vom Billingsgate Market. Ich war dabei, als Ted Rowe es unmittelbar vor seiner Hinrichtung auf dem Schafott zugegeben hat. Lee Pearsons Mutter hat ihren einzigen Sohn vergiftet, weil sie seine Lebensversicherung einstreichen und noch mal heiraten wollte. Ich war bei der Gerichtsverhandlung, und sie lachte, als das Urteil verkündet wurde. Nun, was war denn anders im ersten Akt? Der Besitzer der Sägemühle will das junge Mädchen heiraten und erpreßt sie mit der Drohung, ihren Vater ins Gefängnis zu bringen. So etwas ist doch schon Hunderte von Malen vorgekommen – nur noch viel schlimmer.

Es ist wirklich nichts Übertriebenes an einem Melodrama, ausgenommen die Eintrittspreise, aber meistens bekomme ich Freikarten.«

Sie hatte ihm zuerst verblüfft zugehört, dann kicherte sie.

»Wie sonderbar – und doch – Sie haben recht. Ich habe bisher erst ein Melodrama gesehen und kann es noch nicht so recht glauben. Was passiert denn im nächsten Akt?«

Mr. Reeder zog sein Programm zu Rate.

»Es scheint, daß die junge Frau in dem weißen Kleid gefangen und in den Harem eines Scheichs verschleppt wird«, sagte er pedantisch, und diesmal mußte das junge Mädchen laut lachen.

»Haben Sie hierzu vielleicht auch eine Parallele?« fragte sie triumphierend, und Mr. Reeder mußte zugeben, daß er keinen genau gleichliegenden Fall kannte, aber . . .

»Das ist aber ein ziemlich merkwürdiges Zusammentreffen«, unterbrach er sich, »ein sehr bemerkenswerter Zufall!«

Margaret schaute in ihr Programm und wunderte sich, daß sie etwas so Bemerkenswertes übersehen hatte.

»In diesem Augenblick beobachtet mich jemand von der vordersten Reihe des ersten Ranges aus – bitte, drehen Sie sich nicht um –. Der ist vielleicht kein Scheich, aber zweifellos ein Orientale. Übrigens sind es zwei dunkelhäutige Gentlemen, aber nur einer von beiden ist wichtig.«

»Aber warum beobachten diese Leute sie?« fragte sie überrascht.

»Möglicherweise«, antwortete Mr. Reeder ernsthaft, »weil ich im Abendanzug so merkwürdig aussehe.«

Im gleichen Moment wandte sich einer der dunkelhäutigen Gentlemen seinem Begleiter zu.

»Dies ist die Frau, mit der er jeden Tag zusammen in der Straßenbahn fährt; sie wohnt in der gleichen Straße wie er, und sie bedeutet ihm zweifellos mehr als irgend jemand sonst auf der Welt, Ram.

Schau nur, wie sie ihn anlacht, und wie der alte Knabe sie mit den Augen verschlingt. Wenn Männer in sein Alter kommen, werden sie albern, sobald es sich um Frauen handelt. Diese Geschichte kann noch heute abend erledigt werden. Ich möchte lieber sterben, als nach Bombay zurückkehren, ohne meinen Plan bei diesem Burschen ausgeführt zu haben.«

Ram, sein Fahrer, Komplice und Galgenvogel-Gefährte, der aus weniger hartem Holz geschnitzt war, und darüberhinaus auch keine persönliche Rache zu nehmen hatte, gab eindringlich zu bedenken, daß die Sache wohl überlegt sein müsse.

»Ich habe alles genau in Betracht gezogen«, antwortete Ras Lal in Englisch.

»Aber Meister«, meinte sein Begleiter eindringlich, »wäre es nicht viel vernünftiger, dieses Land zu verlassen und unser Glück mit dem neuen Geld zu machen, das der fette, kleine Mann uns verkaufen will?«

»Die Rache ist mein«, sagte Ras Lal in Englisch.

Er blieb noch während des nächsten Aktes da, in dem, wie

Mr. Reeder richtig vorausgesagt hatte, ein unschuldiges, junges Mädchen in die hassenswerten Klauen eines türkischen Pascha geriet. Diese Handlung war für Ras Lal sehr anregend und veranlaßte ihn, seine eigenen Pläne einer gewissen Revision zu unterziehen. Den dritten und vierten Akt wartete er nicht mehr ab – er hatte noch bestimmte Vorbereitungen zu treffen.

»Es war furchbar spannend«, sagte Margaret, als sie langsam durch das überfüllte Foyer gingen, »aber ich kann mir nicht helfen, es ist zu unwahrscheinlich. Im wirklichen Leben – ich meine, in zivilisierten Ländern – tauchen nicht plötzlich maskierte Männer mit Pistolen in den Händen auf und rufen ›Hände hoch!‹ Ist es nicht so, Mr. Reeder?« fragte sie sanft.

Mr. Reeder murmelte widerstrebend seine Zustimmung.

»Aber es hat mir großartig gefallen!« erklärte sie begeistert. Als Mr. Reeder auf ihr rosiges Gesicht herunterblickte, bewegte ihn ein merkwürdiges Gefühl zwischen Freude und Schmerz.

Die Besucher von Parkett und Rängen wimmelten im Foyer durcheinander, und Reeder hielt Ausschau nach einem Gesicht, das er in der Pause gesehen hatte. Aber weder Ras Lal noch sein Gefährte waren zu sehen. Es regnete in Strömen, und erst nach längerer Zeit war ein Taxi zu finden.

»Luxus über Luxus« lächelte Margaret, als er neben ihr Platz nahm. »Wenn Sie wollen, können Sie rauchen.«

Mr. Reeder steckte sich eine Zigarette an, warf sorgsam das Streichholz aus dem Fenster und sagte: »Kein Theaterstück ist genauso wie das wirkliche Leben, meine liebe junge Dame. Mir gefallen Melodramen wegen ihres Idealismus.«

Sie blickte ihn erstaunt von der Seite an: »Idealismus . . .?«

Er nickte.

»Haben Sie jemals bemerkt, daß in einem Melodrama etwas Schmutziges dargestellt wird? Niemals. Aber ich habe einmal ein klassisches Drama gesehen – ›Ödipus‹ –, und mir ist wirklich übel geworden. Im Melodrama sind selbst die Schurken noch Helden, und am Ende siegt immer die Moral. Ist das kein Idealismus?«

Das Taxi fuhr über die Westminster Bridge und bog nun links in die New Kent Road ein. Durch die vom Regen getrübten Fenster spähte J. G. nach bekannten historischen Wahrzeichen und kommentierte die Strecke wie ein Fremdenführer.

Ein großer Wagen fuhr jetzt neben dem Taxi her, und der Mann am Lenkrad rief etwas zu dem Taxifahrer herüber. Selbst der mißtrauische Mr. Reeder schöpfte keinen Verdacht, als die Taxe plötzlich in eine Seitenstraße abbog. Der große Wagen, der erst etwas zurückgefallen war, fuhr wieder genau neben ihnen.

»Wahrscheinlich ist die Hauptstraße gesperrt«, vermutete J. G., und in diesem Augenblick fuhr ihr Wagen langsamer und hielt an.

Er wollte gerade nach der Ursache forschen, als die Wagentür schon aufgerissen wurde und Mr. Reeder in der undeutlichen Beleuchtung eine dunkle Gestalt vor sich stehen sah.

»Schnell aussteigen!«

Der Mann hielt einen langen, schwarzen Colt in seiner Hand, sein Gesicht war von der Stirn bis zum Kinn unter einer Maske verborgen.

»Los, 'raus – und Hände hoch!«

Mr. Reeder stieg aus in den Regen und wollte die Autotür hinter sich zuwerfen.

»Die Frau auch – kommen Sie, Miss!«

»He, was wird denn hier gespielt? Sie haben mir gesagt, die New Cross Road wäre gesperrt«, schrie der Taxifahrer.

»Hier haben Sie fünf Pfund, halten Sie die Klappe!« Der maskierte Mann hielt ihm eine Banknote unter die Nase.

»Ich will Ihr Geld nicht haben . . .«

»Vielleicht wollen Sie lieber eine Kugel in Ihren Schädel?« fragte Ras Lal grimmig.

Inzwischen war Margaret ihrem Bewacher auf die Straße gefolgt. Der große Wagen hatte unmittelbar hinter dem Taxi gehalten, und Mr. Reeder, einen Pistolenlauf im Rücken, stieg ein. Das junge Mädchen folgte ihm, als letzter sprang der maskierte Mann hinterher und schloß die Tür. Im gleichen Augenblick erhellte sich das Innere des Wagen.

»Das ist eine ziemliche Überraschung für einen so geschickten und intelligenten Kriminalbeamten, wie?«

Der Bursche saß ihm gegenüber, die Pistole auf seinen Knien. Durch die Löcher der schwarzen Maske blitzten seine braunen, gehässigen Augen. Aber Mr. Reeders Interesse galt nur dem jungen Mädchen. Der Schreck hatte sie erbleichen lassen, aber er bemerkte mit einer gewissen Erleichterung, daß sie mehr überrascht als entsetzt war – wenn es ihr auch die Sprache verschlagen hatte.

Der Wagen kehrte um und fuhr denselben Weg zurück, den sie gekommen waren, bis er an der Canal Bridge nach rechts abbog und unvermutet einen steilen Hügel hinauffuhr. Sie fuhren in Richtung auf Rotherhithe – Reeder hatte außergewöhnlich gute Kenntnisse von der Topographie Londons. Die Fahrt war nur kurz. Er fühlte, daß die Räder über eine unebene Straße ratterten, und nach etwa hundert Yards hielt das Auto mit kreischenden Bremsen. Sie befanden sich auf einem engen, schmutzigen Weg. Auf der einen Seite erhoben sich die Bogen einer Eisenbahnüberführung, auf der anderen lag eine offene Fläche, durch ein hohes Gatter begrenzt. Offenbar hatte der Fahrer kurz vor dem Ziel gehalten, denn sie mußten noch einige fünfzig Yards durch dicken Schlamm waten, bevor sie an eine schmale Pforte des Gatters gelangten. Ein schmaler Pfad führte zu einem hohen, viereckigen Gebäude, das Mr. Reeder für eine kleine Fabrik hielt. Ihr Führer ließ eine Lampe über der Tür aufblitzen, und Reeder konnte in verblichenen Lettern lesen: ›Storn & Filton. Leder en gros.‹

»So«, begann nun der Mann, »so, Sie meineidiger und korrupter Polizist, jetzt habe ich eine kleine Rechnung mit Ihnen abzumachen.«

Sie befanden sich in einem düsteren Vorraum, der an drei Seiten von bretterverkleideten Wänden umgeben war.

»›Begleichen‹ wollten Sie sagen. Ihr Englisch ist noch immer nicht einwandfrei, Ras Lal«, murmelte Mr. Reeder.

Für einen Augenblick schwieg der Mann bestürzt, dann riß er die Maske von seinem Gesicht:

»Ich bin Ras Lal! Und Sie werden das noch bedauern! Für Sie und für Ihre junge Dame wird dies eine Nacht voller Angst und Grauen werden.«

Mr. Reeder lächelte nicht mehr über das sonderbare Englisch. Der Revolver in der Hand des Mannes sprach alle Sprachen in unmißverständlicher Weise. Er machte sich Sorgen um das junge Mädchen; seit ihrer Entführung hatte sie noch kein Wort gesagt. Aber die Farbe war in ihre Wangen zurückgekehrt, und das war ein gutes Zeichen. Außerdem lag etwas in ihrem Blick, das Reeder nicht mit Angst in Verbindung bringen konnte. Ras Lal griff nach einem langen Strick, der an einem Nagel hing, zögerte aber und sagte achselzuckend:

»Das ist überflüssig. Der Raum ist genau durchsucht worden – Sie können keinen Schaden anrichten.«

Er öffnete eine Tür und trieb sie vor sich her die Stufen hinauf. Auf dem oberen Absatz war eine große Eisentür in das solide Mauerwerk eingelassen. Ras Lal schob den schweren Riegel zurück und öffnete. Vor ihnen lag ein großer Raum, der anscheinend als Lager für leicht brennbare Stoffe gebraucht worden war, denn Boden und Wände bestanden aus Eisenbeton, und über einem verstaubten Tisch hing ein Plakat mit der Inschrift: ›Feuergefährlich! Rauchen streng verboten!‹ Außer einer kleinen Luke dicht unterhalb der Decke hatte das Zimmer keine Fenster. In einer Ecke lag ein Haufen schmutzigen Papiers, und auf dem Tisch stand ein Dutzend kleiner Holzkisten, von denen eine aufgebrochen war.

»Machen Sie es sich bequem, für eine halbe Stunde oder für vierzig Minuten«, knurrte Ras Lal, der im Türrahmen stand und bedeutungsvoll seinen Revolver hin und her schwang. »Dann werde ich mir die Frau holen; morgen ist sie mit mir auf See –«

»Machen Sie die Tür hinter sich zu«, antwortete Mr. J. G. Reeder, »hier zieht es so unangenehm.«

Mr. Tommy Fenalow kam gegen zwei Uhr morgens zu Fuß den schlammigen Fahrweg entlang, als er im Schein seiner Taschenlampe die Spuren von Autoreifen bemerkte. Wie vom Blitz getroffen blieb er stehen. Seine Knie zitterten, und das Herz schlug ihm bis zum Halse. Einen Augenblick war er unentschlossen, ob er sich aus dem Staub machen sollte oder weitergehen. Dann aber hörte er eine Stimme und atmete auf: Es war der Komplice Ras Lal.

»Hat denn der verdammte Narr den Wagen hierher gebracht?« fragte Tommy flüsternd.

»Ja – Mr. Ras Lal ist hier«, entgegnete Ram, dessen Englisch nicht gerade seine Stärke war.

»Dann ist er ein Idiot!« grollte Tommy. »Verdammt! Ich wäre beinahe in Ohnmacht gefallen!«

Während Ram noch sein Englisch zusammensuchte, um zu erklären, was passiert war, ging Tommy weiter. Er fand seinen Kunden im Vorraum sitzend, eine schwarze Zigarre zwischen den Zähnen und ein zufriedenes Lächeln auf dem Gesicht.

»Willkommen!« rief er, als Tommy die Tür hinter sich geschlossen hatte. »Wir haben das Wiesel in der Falle.«

»Lassen Sie mich in Ruhe mit Ihrem Wiesel«, warf der andere ungeduldig dazwischen. »Haben Sie die Rupien gefunden?«

Ras Lal schüttelte den Kopf.

»Aber ich habe sie doch im Lagerraum gelassen – zehntausend Banknoten. Ich dachte, Sie hätten sie schon und wären längst auf und davon.«

»Ich habe etwas viel Wichtigeres im Lagerraum – kommen Sie und sehen Sie selbst!«

Er ging vor dem verblüfften Tommy die Treppe hinauf, schaltete das Licht auf dem Vorplatz ein und riß die Tür auf.

»Sehen Sie –«, sagte er, und dann sagte er nichts mehr.

»Schau einer an, das ist ja Mr. Fenalow!« lächelte Mr. Reeder. In der einen Hand hielt er ein Päckchen täuschend echt aussehender Rupiennoten, und in der anderen Hand –

»Das hätten Sie doch wissen müssen, Sie verdammter Affe, daß er eine Waffe bei sich hat«, zischte Tommy. »Und dann bringen Sie ihn ausgerechnet in den Raum, wo nicht nur der Zaster ist, sondern auch noch ein Telefon!«

Mr. Fenalow wurde in das nächstgelegene Polizeirevier gebracht, und für kurze Zeit war er seinem Kompagnon durch eine stählerne Handfessel enger als je zuvor verbunden.

»Das war nichts weiter als ein Streich, ein Schabernack, den ich Mr. Reeder spielen wollte. Das werde ich morgen früh dem Untersuchungsrichter schon erklären«, meinte Ras leichthin.

Tommys Antwort ist nicht wiederzugeben.

Die Uhr von St. John schlug dreimal, als Mr. Reeder sich von einem aufgeregten jungen Mädchen an der Tür ihres Hauses verabschiedete.

»Ich kann Ihnen gar nicht sagen, wie sehr ich diesen Abend genossen habe«, sagte sie.

Mr. Reeder blickte unsicher auf das in tiefer Dunkelheit liegende Haus.

»Ich hoffe – hm –, Ihre Freunde werden nichts dabei finden, daß Sie zu so später Stunde nach Hause kommen –«

Als er langsam heimging, hatte er trotz ihrer gegenteiligen Versicherung das unbehagliche Gefühl, sie in gewisser Weise kompromittiert zu haben. Und wenn im Melodrama die Heldin kompromittiert worden ist, muß irgendeiner sie heiraten.

Dieser beunruhigende Gedanke ließ Mr. Reeder die ganze Nacht hindurch nicht zur Ruhe kommen.

DIE GRÜNE MAMBA

Der Hang zur Neugier hat schon mehr hoffnungsvolle Karrieren vernichtet als Glücksspiel, Trunksucht oder das Lächeln schöner Frauen. Die ausgetretenen Pfade des Lebens sind immer noch die sichersten, und manch einer, der sie aus Abenteuerlust verlassen hat, wäre heilfroh, wenn es ihm gelänge, wieder zurückzufinden.

Mo Liski hatte in seinen Kreisen eine überragende Position, die er sich durch unermüdliche und rücksichtslose Anwendung seiner Fähigkeiten erobert hatte. Er hätte auch noch mehr erreichen können, wenn er sich nicht durch einen außerordentlichen Vorschlag hätte blenden lassen, und wenn er nicht in einer Privatfehde Stellung bezogen hätte, deren Ursache ihn überhaupt nichts anging.

Der Vorschlag kam von El Rahbut, einem maurischen Hochstapler, der häufig auf Frachtern von London über Funchal, Las Palmas und Tanger nach Oporto reiste. El Rahbut war ein sehr vulgärer, gelbgesichtiger Maure, pockennarbig und untersetzt; seine englischen Sprachkenntnisse verdankte er einem wohlwollenden amerikanischen Missionar, der ihn erzogen hatte. Mo Liski schätzte den Mauren sehr, da er sich ihm beim Versand von Rauschgift als äußerst nützlich erwiesen hatte. Manch eine Apfelsinenkiste war von El Rahbut verschifft worden, deren goldene Früchte kleine Metallzylinder mit Heroin, Kokain und sonstigen Drogen enthielten.

El Rahbut war für seine Bemühungen immer gut bezahlt worden und war ganz zufrieden. Aber eines Tages erfuhr er etwas, das ihm die Aussicht auf eine glänzende Zukunft eröffnete. Daraufhin verabredete er sich in der Kneipe ›Die vier lustigen Matrosen‹ mit Mo Liski und erzählte ihm von einem sensationellen Einbruch, den die Anghera-Bande verübt hatte. Die Beute war nichts Geringeres als die sagenhaften Suleiman-Smaragde, die zu den größten Schätzen Marokkos zählten. Nicht einmal der große Abdul Aziz hatte es gewagt, diese Steine aus der Omar-Moschee zu rauben! Die bedenkenlosen Anghera-Männer waren jedoch in das Heiligtum eingebrochen, hatten zwei der Schatzwächter ermordet und hatten sich mit den neun grünen Steinen des großen Königs davongemacht. Der Schrei der Entrüstung, der sich daraufhin erhob, war von den Basaren Kalkuttas bis zu den armseligen Hütten von Marsi-Karsi zu hören. Doch die Anghera-Männer waren erhaben über die Stimme des Volkes und suchten kaltblütig einen Käufer für diesen Schatz.

El Rahbut, dessen übler Charakter weithin bekannt war, wurde von den Anghera-Leuten als Mittler in das Geschäft mit einbezogen – und das war die Geschichte, die er Mo Liski an einem nebligen Oktoberabend in den ›Vier lustigen Matrosen‹ erzählte ...

»Da ist eine Million Profit für uns beide drin, Mr. Gutermann«, behauptete El Rahbut. Alle Europäer, die pünktlich auf den Tisch zahlten, waren für El Rahbut ›Mr. Gutermann‹. »Aber es darf unter keinen Umständen etwas durchsickern! Wenn irgend etwas über die Sache bekannt wird, machen die mich kalt!«

Mo Liski hörte schweigend zu und streichelte sein Kinn mit einer Hand, von der es verwirrend glitzerte und funkelte. Edelsteine waren seine Leidenschaft. Was er da eben gehört hatte, lag zwar nicht ganz auf seiner Linie, aber die Zeitungen hatten in großer Aufmachung über den enormen Wert der Steine berichtet, und Mo Liskis Blut geriet in Wallung bei der Aussicht, so leicht eine halbe Million verdienen zu können. Daß Scotland Yard und sämtliche Polizeizentralen der Welt auf der Suche nach Suleimans Smaragden waren, störte ihn nicht im mindesten. Er kannte die unterirdischen Kanäle, durch die man die Beute verschwinden lassen konnte – und wenn es zum Allerschlimmsten kommen sollte, gab es ja immer noch für die Wiederbeschaffung der Juwelen eine Belohnung von fünftausend Pfund!

»Ich werde mir die Angelegenheit überlegen. Wo ist denn das Zeug?«

»Hier«, antwortete El Rahbut zu Mos Überraschung. »In einer halben Stunde könnte ich Ihnen die Steine geben, Mr. Gutermann.«

Das schien wirklich ein ausgezeichnetes Geschäft zu sein, und so traf es sich besonders unglücklich, daß Mo Liski gerade zu diesem Zeitpunkt in eine Angelegenheit verstrickt war, die ihm überhaupt keinen Vorteil versprach – nämlich in die Fehde von Marylou Plessy. Aus lauter Hochachtung für diese Dame hatte er ihren Kampf zu seinem eigenen gemacht. Wenn eine Frau schlecht ist, ist sie meistens sehr schlecht – und Marylou Plessy war ein überaus niederträchtiges Frauenzimmer. Sie war ziemlich groß und recht hübsch, und sie trug ihr glattes schwarzes Haar als Pagenkopf.

Mr. Reeder war ihr schon einmal begegnet; das war bei einer Gerichtsverhandlung, in der er als Zeuge gegen einen gewissen Bartholomew Xavier Plessy auftrat, einen außerordentlich erfinderischen Franzosen, der einen ganz neuen Weg gefunden hatte, Banknoten herzustellen, daß sie aussahen wie echte. Für gewöhnliche Menschen war es ganz unmöglich, seine Fälschungen zu erkennen, aber Mr. Reeder war kein gewöhnlicher Mensch. Er erkannte nicht nur die Fälschungen, sondern er spürte sogar den Fälscher auf. Das war der Grund, warum Bartholomew Xavier Plessy einem gleichmütigen Richter gegenüberstand, der ihn mit gedämpfter Stimme darauf hinwies, wie unrecht es sei, Geld zu fälschen, und wie eine solche Handlungsweise an den Wurzeln des gesamten geschäftlichen Lebens nage. Dies berührte den Mann in der Anklagebank überhaupt nicht, das wußte er alles selbst. Nur die letzten Worte des Richters ließen den Franzosen zusammenzucken:

»Sie werden zu zwanzig Jahren Zuchthaus verurteilt.«

Ob Marylou Plessy den Mann liebte, war schwer zu sagen, wahrscheinlich war dies nicht der Fall. Aber sie haßte Mr. Reeder, und zwar nicht deshalb, weil er ihren Mann ins Verderben gestürzt, sondern weil er im Verlauf seiner Zeugenaussage den Ausdruck gebraucht hatte: ›Die Frau, mit der der Angeklagte in Beziehung steht‹. Mr. Reeder hätte Marylou ohne weiteres neben Plessy auf die Anklagebank bringen können, wenn er es gewollt hätte; sie wußte das sehr genau, und sie verabscheute ihn wegen seiner Großmut noch viel mehr.

Mrs. Plessy hatte eine großartige Wohnung in der Portland Street in einem Häuserblock, der ihrem Mann und ihr gemeinsam gehörte. Die beiden hatten ihre Hochstapeleien immer in großem Stil ausgeführt, und Mr. Plessy war Besitzer eines Rennstalls geworden, bevor er Bewohner einer Zelle im Parkhurst-Zuchthaus wurde. In der Portland Street führte Marylou noch immer ein großes Haus.

Wenige Monate, nachdem ihr Mann seine Strafe angetreten hatte, speiste Marylou eines Abends mit Mo Liski, dem größten aller Bandenführer und ungekrönten König der Unterwelt. Mo Liski war ein kleiner, gewandter Mann, der einen Kneifer trug und wie ein Gelehrter aussah. Und dennoch beherrschte er Gangsterbanden wie die Strafas, die Sullivans und die Birklows, und sein Wort war Gesetz auf mehr als einem Dutzend Rennplätzen, in einer Anzahl von Spielklubs und bei vielen kleineren Unternehmungen, die weniger der polizeilichen Überwachung ausgesetzt waren. Mo Liski regierte mit eiserner Faust, Aufsässige wurden unverzüglich gemaßregelt, und seine Rivalen respektierten ihn und hielten die Augen auf. Mo Liski erhob Gebühren von den Buchmachern und fühlte sich absolut sicher vor dem Zugriff der Polizei, weil diese schon zweimal vergeblich versucht hatte, ihn zu überführen.

Auch das schwärzeste Schaf hat irgendwo noch ein weißes

Fleckchen, und so hatte auch Mo Liski eine versöhnende Eigenschaft – er sah in Marylou das Ideal einer Frau. Immerhin verdient es Anerkennung, wenn auch ein Gauner Ideale hat.

Er lauschte mit gespannter Aufmerksamkeit auf Marylous Einflüsterungen, seine Hand spielte mit der dünnen Uhrkette, die Augen hielt er auf das Tischtuch geheftet. Obwohl er diese Frau liebte, behielt doch seine angeborene Vorsicht die Oberhand.

»Das ist alles schön und gut, Marylou«, sagte er. »Natürlich könnte ich Reeder fertigmachen, aber was passiert dann? Es wird einen Krach geben, daß die Wände wackeln! Reeder ist verdammt gefährlich! Die regulären Blauen sind mir ganz egal, aber dieser alte Kerl arbeitet im Büro des Staatsanwaltes, und man hat ihn da sicher nicht hineingenommen, weil er ein Idiot ist. Gerade jetzt habe ich eine ganz große Sache vor. Kannst du Reeder denn nicht selbst erledigen? Du bist doch eine kluge Frau – ich kenne keine, die gerissener wäre!«

»Natürlich, wenn du Angst hast vor Reeder . . .«, meinte sie verächtlich und lächelte hochnäsig.

»Ich und Angst! Sei nicht albern! Zeig ihm doch selber, was du kannst. Und wenn du nicht mit ihm fertig wirst, sag mir Bescheid. Angst vor Reeder! Dieser alte Vogel wird gerupft und gesengt, bevor du nur ›Mo Liski‹ sagen kannst!«

Im Büro des Staatsanwaltes zweifelte niemand daran, daß Mr. Reeder fähig war, auf sich selbst aufzupassen, und als Chefinspektor Pyne vom Yard herüberkam, um zu berichten, daß Marylou Plessy mit dem gefährlichsten Gangster von ganz London zusammengewesen sei, grinste der Assistent des Staatsanwaltes nur amüsiert.

»Nein, Reeder braucht wirklich keinen Schutz. Ich werde ihm natürlich davon erzählen, aber vermutlich weiß er schon Bescheid. Was unternehmt Ihr im Yard denn gegen die Liski-Bande?«

Chefinspektor Pynes Gesicht wurde länger.

»Wir haben ihn schon zweimal gefaßt, aber der Kerl hatte so gut fundierte Meineide für sich, daß wir ihn wieder laufenlassen mußten. Jetzt sollen wir ihn dem Kommissar erst dann wieder bringen, wenn Liski sozusagen noch frisches Blut an seinen Händen hat. Ein ganz gefährlicher Bursche!«

Der Assistent des Staatsanwalts nickte.

»Reeder aber auch«, meinte er bedeutungsvoll. »Der Mann ist schlimmer als eine Mamba. Haben Sie noch nie eine Mamba gesehen? Das ist eine hübsche, grüne Schlange – zwei Sekunden, nachdem sie gebissen hat, ist man schon tot!«

Der Chefinspektor lächelte ungläubig.

»So einen Eindruck hat er mir nie gemacht – ich würde eher sagen Karnickel, aber Schlange – nein!«

Später am gleichen Morgen wurde Mr. Reeder in das Büro seines Chefs gerufen, und er erschien mit diesem gewissen Ausdruck von Schüchternheit und Bescheidenheit, der dem Uneingeweihten einen ganz falschen Eindruck seiner Fähigkeiten vermittelte. Er hörte mit geschlossenen Augen zu, als ihm sein Vorgesetzter von der Begegnung zwischen Liski und Marylou berichtete.

»Ja, Sir«, seufzte er dann. »Ich habe Gerüchte darüber gehört. Liski? Das ist doch der Bursche, der enge Verbindung mit Kriminellen hat? In früheren Zeiten und unter günstigeren Bedingungen hätte er ein Condottiere in Florenz sein können. Ein interessanter Mann mit interessanten Freunden.«

»Ich hoffe, daß Ihr Interesse völlig unpersönlich bleibt«, warnte ihn der Beamte, und Mr. Reeder seufzte wieder, öffnete den Mund, um zu sprechen, zögerte und sagte endlich:

»Wirft es nicht eigentlich ein – hm – schlechtes Licht auf unsere Abteilung, wenn Mr. Liski immer noch frei herumläuft?«

Sein Chef blickte auf, und eine plötzliche Eingebung veranlaßte ihn, zu sagen:

»Fassen Sie ihn!«

Mr. Reeder nickte sehr langsam.

»Ich habe schon lange gedacht, daß das eine gute Idee wäre«, antwortete er, und sein Blick versank in Melancholie. »Liski hat Kontakt mit vielen merkwürdigen Personen, Holländern, Russen – er kennt auch einen Mauren.«

Sein Chef warf ihm einen schnellen Blick zu.

»Ein Maure – Sie denken wohl an die neun Smaragde? Mein lieber Mann, es gibt Hunderte von Mauren in London und Tausende in Paris.«

»Und Millionen in Marokko«, murmelte Mr. Reeder. »Ich erwähnte den Mauren ja nur nebenbei, Sir. Und was meine Freundin Mrs. Plessy betrifft – hoffen wir das Beste!«

Und er entschwand.

Es verging fast ein Monat, bevor Mr. Reeder ein besonderes Interesse für diesen Fall zeigte. Er verbrachte unzählige Stunden auf Wanderungen in der Umgebung von Lambeth, und bei einer Gelegenheit war er auch in der Mitgliederloge des Hurstpark-Rennplatzes gesehen worden – aber er sprach mit niemand, und niemand sprach mit ihm.

Eines Abends kam er tief in Gedanken versunken in sein gepflegtes Haus in der Brockley Road und fand auf seinem Schreibtisch ein kleines flaches Päckchen, das mit der Nachmittagspost eingetroffen war, wie ihm seine Haushälterin berichtete. Die Anschrift ›John Reeder Esq.‹ war mit der Schreibmaschine geschrieben, der Poststempel war Central London.

Er schnitt die dünne Schnur durch, wickelte zuerst das braune Packpapier auf, dann eine zweite Umhüllung aus Silberpapier, und hielt nun ein elegantes, mit Atlas überzogenes Kästchen in der Hand. Vorsichtig hob er den Deckel ab. Unter zartem Seidenpapier lag Reihe neben Reihe der köstlichsten Pralinen. Schokolade jeder Art hatte eine besondere Anziehungskraft für Mr. Reeder, und er nahm eine kleine, mit kandierten Veilchen besetzte Praline heraus und betrachtete sie bewundernd.

In diesem Augenblick kam seine Haushälterin mit dem Tee herein und setzte das Tablett auf den Tisch. Mr. Reeder blickte sie über den Rand seines Kneifers hinweg an.

»Mögen Sie Schokolade, Mrs. Kerrel?« fragte er.

»Gewiß, Sir«, bejahte die alte Dame.

»Ich auch«, sagte Mr. Reeder, »ich auch«, und schüttelte betrübt den Kopf, als er die Praline wieder sorgfältig in die Schachtel zurücklegte. »Leider hat mir mein Arzt – ein ausgezeichneter Mann – jede Art von Süßigkeiten verboten, bevor sie nicht von einem Gerichtschemiker geprüft worden sind.«

Als Mrs. Kerrel das Zimmer wieder verlassen hatte, packte er das Kästchen sorgfältig ein und adressierte es an eine Abteilung von Scotland Yard. Auf die Vorderseite klebte er ein Etikett, auf dem in roten Buchstaben ›Gift‹ gedruckt war. Dann schrieb er noch ein paar Begleitzeilen und beschäftigte sich schließlich mit seinem Tee.

Es war Viertel nach sechs gewesen, als er die Schokolade ausgepackt hatte, und es war genau Viertel nach elf, als er das Licht ausmachte, um zu Bett zu gehen, – da sagte er plötzlich laut:

»Marylou Plessy! Du meine Güte!«

Und damit begann der Krieg.

Das war am Mittwoch abend; am Freitag morgen wurde die Toilette von Marylou Plessy durch die Ankunft zweier Männer unterbrochen, die auf sie warteten, als sie in ihrem eleganten Hausmantel in das Wohnzimmer kam. Sie sprachen von Fingerabdrücken, die man auf Pralinen gefunden habe, und von anderen, ähnlichen Angelegenheiten.

Schon eine halbe Stunde später saß eine völlig verdutzte Frau in einer der Zellen in der Harlboro Street und hörte auf die Anklage, die der Inspektor gegen sie erhob. Bei der nächsten Gerichtssitzung wurde ihr Fall verhandelt, und sie erhielt zwei Jahre Zuchthaus wegen ›Mordversuch an John Reeder durch Übersendung einer giftigen Substanz, nämlich Akonit‹.

Mo Liski hatte der Verhandlung beigewohnt und sein hageres, verzerrtes Gesicht ließ erkennen, wie nahe ihm die Sache ging. Als Marylou aus der Anklagebank verschwunden war, ging er durch die große, zugige Halle nach draußen, und hier machte er seinen ersten schweren Fehler. Mr. Reeder zog gerade seine Wollhandschuhe an, als ein Mann rasch auf ihn zukam.

»Sie sind Reeder?«

»Das ist mein Name, Sir.«

Mr. Reeder betrachtete ihn wohlwollend über seinen Kneifer hinweg. Er hatte die erwartungsvolle Miene eines Menschen, der sich darauf vorbereitet, Glückwünsche entgegenzunehmen.

»Ich bin Mo Liski. Sie haben gerade eine Freundin von mir ins Kittchen geschickt.«

»Mrs. Plessy?«

»Jawohl, Mrs. Plessy. Reeder, dafür werden Sie mir büßen müssen!«

Im gleichen Augenblick packte jemand hinter ihm seinen Arm und riß ihn herum – ein Polizeibeamter.

»Kommen Sie mit!« befahl er.

Mo wurde weiß im Gesicht. Man muß sich erinnern, daß die Stärke seiner Position darin bestand, daß er noch nie verurteilt worden war; sein Name stand noch nicht im Strafregister.

»Was liegt gegen mich vor?« fragte er heiser.

»Einschüchterung eines Zeugen und Bedrohung«, erwiderte der Beamte.

Mo wurde schon am nächsten Morgen in der Guildhall vorgeführt und für drei Wochen ins Gefängnis geschickt. Mr. Reeder wußte, daß Liskis Drohung ernstgemeint war, und er war bereit, mit der Schnelligkeit einer Mamba zu parieren. Die erste Runde hatte er schon gewonnen, denn der Bandenführer war jetzt, in der Sprache des Gesetzes, ›eine vorbestrafte Person‹.

»Ich glaube kaum, daß irgend etwas passiert, bevor er wieder draußen ist«, sagte er zu Pyne, als dieser ihm Polizeischutz anbot. »Er wird große Befriedigung darin finden, meine – hm – Erledigung bis ins kleinste Detail vorzubereiten, und ich bin davon überzeugt, daß er die Sache selbst in die Hand nehmen wird. Ich glaube, Polizeischutz wäre besser für mich, bis er wieder rauskommt.«

»Sie meinen, wenn er wieder herauskommt?«

»Nein, *bis* er wieder herauskommt«, wiederholte Mr. Reeder nachdrücklich. »Wenn er einmal draußen ist, wäre es mir lieber – hm –, wenn ich nicht durch Polizeischutz – hm – behindert werden würde.«

Mo Liski kehrte mit äußerster Wachsamkeit in die Freiheit zurück.

Die katzenhafte Vorsicht, die ihn, mit einer einzigen Ausnahme, bis jetzt vor jeder Unannehmlichkeit bewahrt hatte, beherrschte jeden seiner Pläne. Er verfluchte sich selbst, daß er sein Smaragdgeschäft aufs Spiel gesetzt hatte, und sein erster Schritt war, mit El Rahbut wieder in Verbindung zu kommen.

Aber es gab jetzt etwas in seinem Leben, das ihn beinahe zum

Wahnsinn trieb, das bittere Bewußtsein, einen Fehler gemacht zu haben; dazu kam die Furcht, daß die Männer, die er bisher so vollständig beherrscht hatte, die Konsequenz daraus ziehen und sich gegen ihn auflehnen würden. Und hinter dieser Furcht stand noch einiges mehr als nur Herrschsucht: Mo zog allein aus der Rennbahn und aus den bedauernswerten Opfern seiner Spielklubs mehr als fünfzehntausend Pfund pro Jahr. Außerdem hatte er noch andere Eisen im Feuer: Seine Bande kontrollierte weitgehend einen kontinentalen Rauschgifthandel, der ebenfalls Tausende pro Jahr einbrachte. Das mag ziemlich romantisch und fantastisch klingen, aber es entsprach völlig den Tatsachen. Natürlich floß nicht der ganze Profit in die Hände von Mo und seinen Leuten, etwas mußte ja auch für die Aasgeier und die Wölfe abfallen.

Er mußte Reeder erledigen, das war der erste Schritt. Und zwar so erledigen, daß kein Verdacht auf ihn fiel. Es wäre einfach gewesen, Reeder eines Nachts auf der Straße zusammenzuschlagen, aber die Polizei würde natürlich sofort wissen, daß er die Drohung wahrgemacht hatte, wegen der er bereits verurteilt worden war. Er mußte sich etwas ganz Raffiniertes ausdenken, eine Rache, die wirksamer war als Prügel.

Leute mit dem sonderbaren Beruf von Mr. Liski treffen sich mit ihren Komplicen nicht in dunklen Kellern, und sie tragen auch keine Kutten oder Masken, um ihre Identität zu verbergen. Die Großen Sechs, die für die Durchführung der verschiedenen Geschäfte Mo Liskis verantwortlich waren, trafen sich am Abend seiner Entlassung aus dem Gefängnis in einem Restaurant in Soho, wo ein privates Speisezimmer für sie reserviert worden war.

»Ich freue mich, daß ihn niemand angerührt hat, solange ich weg war«, sagte Mo mit einem kleinen Lächeln. »Dieses Spiel möchte ich selbst machen. Als ich im Kasten war, habe ich mir einiges überlegt – es gibt eine gute Möglichkeit, mit ihm abzurechnen.«

»Er hatte die ganze Zeit zwei Polypen bei sich, sonst hätte ich ihn schon für dich gestreichelt, Mo«, erklärte Teddy Alfield, sein ›Chef des Stabes‹.

»Und ich hätte dich dafür gestreichelt, Teddy«, erwiderte Mr. Liski bedeutungsvoll. »Ich hatte Befehl gegeben, daß ihm niemand auch nur ein Haar krümmen sollte. Was wolltest du denn damit sagen, daß du ihn gern gestreichelt hättest?« Alfield, ein breitschultriger Mann, der auf das Knacken von unbewachten Autos spezialisiert war, grunzte nur unzufrieden.

»Kümmere du dich um deinen Job«, schnarrte Mo. »Ich allein werde Reeder übernehmen. In Brockley hat er ein Mädchen, mit dem er geht. Sie heißt Belman und wohnt ihm beinahe genau gegenüber. Wir wollen ihn nicht umbringen – noch nicht. Erst mal soll er aus seiner Stellung fliegen, und das ist leicht zu machen. In der letzten Woche hat man im Home Office einen Mann gefeuert, weil er nach der Polizeistunde im ›Klub 95‹ gesehen worden ist.«

Und er informierte sie über seinen einfachen Plan.

Eines Abends verließ Margaret Belman ihr Büro, ging bis zur Ecke von Westminster Bridge und Embankment und hielt Ausschau nach Mr. Reeder. Wenn sein Dienst es erlaubte, war er meistens hier. In der letzten Zeit hatte sie ihn allerdings seltener getroffen, und dann war er gewöhnlich in Begleitung von zwei mürrischen Männern, die ihm nicht von der Seite wichen.

Sie ließ eine Trambahn vorbeifahren und war schon entschlossen, in die nächste zu steigen, die langsam das Embankment herunterkam, als ein Päckchen vor ihre Füße fiel. Sie drehte sich um und sah, wie eine hübsche, gutgekleidete Dame mit geschlossenen Augen hin und her schwankte. Sie konnte gerade noch hinzuspringen und sie am Arm festhalten, bevor sie zusammenbrach. Margaret führte sie behutsam zu einer Bank, die eine gütige Vorsehung in der Nähe aufgestellt hatte.

»Es tut mir sehr leid – haben Sie vielen Dank. Würden Sie mir bitte ein Taxi rufen?« hauchte die Dame halb ohnmächtig.

Sie sprach mit einem leicht ausländischen Akzent und hatte das gewisse Etwas einer großen Lady – fand Margaret. Sie winkte ein Taxi heran und half der Dame in den Wagen.

»Soll ich Sie vielleicht lieber nach Hause bringen?« fragte das junge Mädchen mitleidig.

»Das wäre sehr liebenswürdig«, murmelte die Dame, »aber ich darf Ihnen nicht lästig fallen. Ich wohne Great Claridge Street 105.« Auf der Fahrt erholte sie sich so weit, daß sie Margaret erzählen konnte, daß sie Madame Lemaire und die Witwe eines französischen Bankiers sei. Die luxuriöse Ausstattung ihres großen Hauses im elegantesten Teil von Mayfair ließ darauf schließen, daß Madame Lemaire sich in sehr guten Verhältnissen befinden mußte. Ein Butler öffnete die Tür, und ein livrierter Diener servierte den Tee, den das junge Mädchen auf Drängen von Madame Lemaire mit ihr einnehmen mußte.

»Sie waren überaus liebenswürdig, Mademoiselle, und ich kann Ihnen nicht genug danken. Ich möchte Sie gern näher kennenlernen. Vielleicht kommen Sie einmal zum Dinner? Sagen wir Donnerstag abend?«

Margaret Belman zögerte. Sie war Mensch genug, um durch den Luxus ihrer Umgebung beeindruckt zu sein, und diese verwöhnte Dame hatte jene Ausstrahlung von Raffinement und Charme, der so schwer zu widerstehen ist.

»Das Dinner werden wir nur zu zweit einnehmen, und später – vielleicht kommen ein paar Leute, um zu tanzen. Wollen Sie einen Freund mitbringen?«

Margaret lächelte und schüttelte den Kopf. Merkwürdigerweise erinnerte sie das Wort »Freund« allein an die ziemlich linkische Gestalt Mr. Reeders, und irgendwie konnte sie sich ihn in diesem Rahmen nicht vorstellen.

Als Margaret auf die Straße trat und der Butler hinter ihr die Haustür geschlossen hatte, erlebte sie eine Überraschung. Das Objekt ihrer Gedanken stand auf der anderen Straßenseite, den gerollten Regenschirm über dem Arm.

»Sie, Mr. Reeder?« begrüßte sie ihn.

»Sie hatten noch genau sieben Minuten übrig«, erwiderte er und blickte auf seine altmodische Uhr. »Ich hatte Ihnen eine halbe Stunde Zeit gelassen – und Sie waren genau dreiundzwanzig Minuten und ein paar Sekunden in diesem Haus.«

»Wußten Sie denn, daß ich dort war?« fragte sie ganz unnötigerweise.

»Ja – ich bin Ihnen gefolgt. Ich kann Mrs. Annie Feltham

– sie nennt sich Madame Sowieso – nicht leiden. Das ist kein feiner Klub.«

»Klub?« Margaret wunderte sich.

Mr. Reeder nickte. »Sie nennen ihn den ›Teekuchen-Klub‹. Merkwürdiger Name – und merkwürdige Mitglieder. Nicht sehr fein!«

Sie stellte keine weiteren Fragen und ließ sich von ihm nach Brockley begleiten, aber sie war doch sehr verwundert, warum Madame gerade sie als geeignet für ihre frivolen Feste in Mayfair angesehen hatte.

Und nun fand eine Reihe von Ereignissen statt, die Mr. Liski viel Kopfzerbrechen bereiteten. Er war ein außerordentlich beschäftigter Mann und bedauerte beinahe, daß er seinen Kriegsplan gegen Mr. Reeder nicht noch ein Weilchen aufgeschoben hatte. Daß er bereits in einer Hinsicht einen Fehler gemacht hatte, entdeckte er, als er eines Tages Mr. Reeder von Angesicht zu Angesicht in Piccadilly gegenüberstand.

»Guten Morgen, Liski«, begann Mr. Reeder in beinahe abbittendem Ton. »Dieser unglückliche Vorfall hat mir wirklich sehr leid getan, aber glauben Sie mir, ich bin nicht nachtragend. Und wenn ich mir auch vorstellen kann, daß Sie mein Gefühl nicht teilen, so muß ich Ihnen doch sagen, daß es mein größter Wunsch ist, mit Ihnen auf bestem Fuß zu leben.«

Liski blickte ihn scharf an. Der alte Mann hatte offenbar Angst bekommen, dachte er. In seiner leisen Stimme schien beinahe ein Zittern zu liegen, als er diesen Ölzweig anbot.

»Schon gut, Mr. Reeder«, antwortete Mo mit seinem charmantesten Lächeln. »Ich trage Ihnen auch nichts nach. Es war blöd von mir, so etwas zu sagen, und Sie mußten Ihre Pflicht tun.« Mo fuhr in dieser Weise fort, häufte Plattheit auf Plattheit, und Mr. Reeder lauschte augenscheinlich sehr befreit.

»Die Welt ist voller Sünde und Streit.« Er schüttelte traurig den Kopf. »Bei Hoch und Niedrig triumphiert das Laster, und die Tugend wird wie die Gänseblümchen mit Füßen getreten. Sie halten wohl keine Hühner, Mr. Liski?«

Mo Liski verneinte.

»Wie schade!« seufzte Mr. Reeder. »Man kann so viel vom Haushuhn lernen! Es ist ein praktisches Beispiel für die Gesetzesbrecher. Ich habe mich schon oft darüber gewundert, warum die Gefängnisbehörden den Häftlingen in Dartmoor nicht erlauben, sich mit diesem harmlosen und lehrreichen Zeitvertreib zu beschäftigen. Wie ich gerade heute morgen zu Mr. Pyne sagte, als die Razzia im ›Teekuchen-Klub‹ durchgeführt wurde – was für eine putzige Bezeichnung für einen Klub übrigens –«

»Razzia im ›Teekuchen-Klub‹?« rief Mo aus. »Was soll das heißen? Ich habe gar nichts davon gehört?«

»Wie sollten Sie auch. Diese Art von Unternehmungen würde wohl schwerlich Anklang bei Ihnen finden. Nun, wir hatten gemeint, daß es das beste wäre, den Klub auszuheben, obgleich ich fürchte, daß ich mir dadurch den Unwillen einer jungen Freundin zugezogen habe, die für morgen abend dort eine Einladung zum Dinner hatte. Um übrigens auf die Hühner zurückzukommen . . .«

Nun wußte Mo Liski, daß sein Plan fehlgeschlagen war, doch Reeders freundschaftliche Einstellung brachte ihn ganz in Verwirrung.

»Vielleicht haben Sie Lust, mich einmal zu besuchen und meine Buff Orpingtons anzusehen, Mr. Liski? Ich wohne in Brockley.« Mr. Reeder nahm seinen Kneifer ab und starrte eulenhaft auf sein Gegenüber. »Sagen wir, heute abend neun Uhr; es gibt so viel darüber zu reden. Ich möchte Sie aber dringend bitten, möglichst unauffällig zu kommen – das wäre für alle Beteiligten am besten. Sie verstehen doch, was ich meine? Es wäre mir ziemlich unangenehm, wenn zum Beispiel Leute aus meinem Büro Sie sehen würden.«

Ein langsames Lächeln erhellte Liskis Gesicht. Er war der Überzeugung, daß jeder Mensch zu kaufen war, sei es durch Geld oder durch Terror; und diese Einladung zu einer heimlichen Zusammenkunft war nach seiner Ansicht die Anerkennung seiner Macht.

Punkt neun Uhr kam er nach Brockley, in der stillen Hoffnung, daß Mr. Reeder noch etwas weiter auf einem Weg gehen würde, der ihn schließlich kompromittieren sollte. Aber, merkwürdig genug, der Kriminalbeamte sprach von nichts anderem als von Hühnern – nur von Hühnern. Er saß am Tisch, hatte die gefalteten Hände vor sich liegen, und seine Stimme bebte förmlich vor Stolz, als er von der neuen Rasse sprach, die er nach England einführen wollte. Mo langweilte sich bis zur Bewußtlosigkeit – aber er wartete.

»Ich wollte Ihnen übrigens noch etwas sagen, aber ich fürchte, ich muß das bis zu unserem nächsten Treffen verschieben«, sagte Mr. Reeder, als er seinem Besucher in den Mantel half. »Ich begleite Sie noch bis an die Ecke der Lewisham High Road. Unser Viertel wimmelt von finsteren Gestalten, und mir wäre der Gedanke sehr peinlich, Sie dadurch in Gefahr gebracht zu haben, daß ich Sie in diese verrufene Gegend kommen ließ.«

Nun, wenn es überhaupt einen Platz in der Welt gibt, der in jeder Beziehung sauber und völlig frei von jenen dunklen Bösewichten ist, die reichere Viertel unsicher machen, so ist dies die Brockley Road. Doch Liski willigte in die Begleitung seines Gastgebers ein und ging dann mit ihm bis zu der Kirche am Ende der Straße.

»Auf Wiedersehen, Mr. Liski«, verabschiedete sich Mr. Reeder eifrig. »Ich werde niemals diesen reizenden Abend vergessen. Sie waren mir eine große Hilfe, und Sie können sicher sein, daß weder ich noch die Abteilung, die ich die Ehre habe zu vertreten, Sie jemals vergessen werden.«

Liski kehrte in die Stadt zurück, er war völlig aus der Fassung gebracht. In den frühen Morgenstunden verhaftete die Polizei seinen ›Chef des Stabes‹, Teddy Alfield, unter der Anklage eines Autodiebstahls, der vor drei Monaten begangen worden war.

Dies war das erste der unerklärlichen Ereignisse. Das zweite kündigte sich an, als Liski eines Abends, nach Rückkehr aus der Stadt, in seiner Wohnung plötzlich die unscheinbare Gestalt des Kriminalbeamten entdeckte.

»Sind Sie das, Liski?« Mr. Reeder spähte in die Dunkelheit. »Ich freue mich, daß ich Sie endlich gefunden habe. Ich habe schon den ganzen Tag nach Ihnen Ausschau gehalten. Ich fürchte, ich habe mich schrecklich geirrt, als ich Ihnen neulich abends sagte, daß Leghorns keinen sandigen Boden vertragen. Ganz im Gegenteil –«.

»Hören Sie auf, Mr. Reeder. Was soll der Unsinn?« fragte der andere schroff.

»Unsinn?« wiederholte Reeder schmerzlich.

»Ich will nichts über Hühner hören. Wenn Sie mir etwas Wichtiges zu sagen haben, schicken Sie mir ein paar Zeilen, und ich komme dann in Ihr Büro, oder Sie können auch zu mir kommen.«

Er drängte den Mann der Staatsanwaltschaft hinaus und knallte die Tür hinter ihm zu. Zwei Stunden später umstellte ein Trupp von Scotland Yard das Haus von Harry Merten, holte Harry und seine Frau aus den Betten und verhaftete sie unter der Anschuldigung, ›im unrechtmäßigen Besitz gestohlener Juwelen zu sein‹.

Eine Woche danach kam Liski von einer sehr wichtigen Unterredung mit El Rahbut zurück, hörte hinter sich eilige Schritte, drehte sich um und begegnete dem bekümmerten Blick Mr. Reeders.

»Das trifft sich wirklich gut!« sagte Reeder inbrünstig. »Nein, nein, ich rede nicht über Hühner, obwohl ich ein wenig gekränkt bin über Ihre Gleichgültigkeit gegenüber diesem edlen und fruchtbaren Vogel.«

»Was, zum Teufel, wollen Sie eigentlich?« blaffte Liski. »Ich will nichts, überhaupt nichts, mit Ihnen zu tun haben, Reeder, und je eher Sie das kapiert haben, um so besser. Und vor allem habe ich keine Lust, mich über Hühner, Pferde oder sonstwas zu unterhalten –.«

»Einen Augenblick!« Mr. Reeder neigte sich zu ihm und flüsterte: »Wäre es wohl möglich, daß wir uns mal treffen, um etwas Vertrauliches zu besprechen?«

Mo Liski grinste.

»Na endlich. Es hat zwar lange gedauert, aber abgemacht. Ich treffe mich mit Ihnen, wo immer Sie wollen.«

»Sagen wir, morgen abend um zehn Uhr in der Mall beim Artilleriedenkmal? Ich glaube nicht, daß wir dort gesehen werden.«

Liski nickte kurz und ging seiner Wege, war aber doch neugierig, was der alte Knabe ihm wohl erzählen wollte. Frühmorgens um vier Uhr weckte ihn das irrsinnige Klingeln des Telefons, und er mußte zu seinem größten Entsetzen hören, daß sein vertrauenswürdigster Bandenführer, O'Hara, unter der Anklage eines Einbruchs verhaftet worden war, der schon über ein Jahr zurücklag. Carter, einer seiner Unterführer, versetzte ihm diese Neuigkeit.

»Was bedeutet das alles, Liski?« In der Stimme seines Untergebenen lag ein Ausdruck von Verdacht, der Liskis Unterkiefer herunterfallen ließ.

»Was willst du damit sagen? Komm sofort her, wir können nicht am Telefon darüber sprechen.«

Eine halbe Stunde später erschien Carter auf der Bildfläche – finster und mißtrauisch.

»Nun, was hast du mir zu sagen?« fragte Mo, als sie allein waren.

»Alles, was ich zu sagen habe, ist nur das«, grollte Carter, »du bist vorige Woche gesehen worden, wie du mit dem alten Reeder in der Lewisham Road gesprochen hast – und in derselben Nacht ist Teddy Alfield geschnappt worden! Dann hat man dich beobachtet, als du eine gemütliche Unterhaltung mit dem verdammten alten Hund hattest – und wiederum in derselben Nacht wurde ein anderer von unserer Bande gefaßt. Gestern abend habe ich mit eigenen Augen gesehen, wie du und Reeder vertraulich miteinander geredet habt – und schon haben sie O'Hara hopsgenommen!«

Mo sah ihn ungläubig an.

»Na und – was weiter?« fragte er.

»Nichts weiter – außer, daß das sehr merkwürdige Zufälle waren, das ist alles«, warf Carter verächtlich hin. »Die Jungens haben über die Sache gesprochen; sie gefällt ihnen nicht, und man kann es ihnen, weiß der Teufel, nicht übelnehmen.«

Liski biß sich auf die Lippen und hatte einen versonnenen Blick in den Augen. Tatsächlich, so war es – bisher waren ihm diese sonderbaren Übereinstimmungen gar nicht aufgefallen. Das also war das Spiel dieses alten Teufels! Er hatte seine Autorität untergraben und eine Welle von Mißtrauen gegen ihn aufgewühlt, die ihn aus seiner Position herausschwemmen würde, wenn er nicht sofort einen Gegenschlag führte.

»All right, Carter«, sagte er in überraschend mildem Ton. »Auf den Gedanken bin ich noch gar nicht gekommen. Jetzt werde ich dir alles erzählen, und du kannst dann den Jungens sagen, was eigentlich passiert ist.«

In wenigen Worten erklärte er ihm die verschiedenen Einladungen Mr. Reeders.

»Und jetzt kannst du ihnen von mir bestellen, daß ich den verdammten Kerl morgen abend wieder treffe und daß ich ihm einen Denkzettel verpassen werde, von dem er genug haben wird!«

Mo Liski war jetzt alles klar. Und noch lange Zeit, nachdem Carter ihn verlassen hatte, saß er in seinem tiefen Sessel und dachte über die Vorgänge der letzten Wochen nach. Die drei Männer, die man verhaftet hatte, hatten seit langem unter polizeilicher Beobachtung gestanden, und Mo wußte ganz genau, daß nicht einmal er sie hätte retten können. Die Verhaftungen waren im Einvernehmen mit Scotland Yard ausgeführt worden, und die treibende Kraft bei der ganzen Sache war dieser gerissene Reeder.

»Na warte, du Hund, ich werde es dir zeigen!« sagte Mo und verbrachte den größten Teil des Tages damit, seine Vorbereitungen zu treffen.

Um zehn Uhr abends ging er durch den Triumphbogen bei der Admiralität. Dichter gelber Nebel hing über dem Park und ein Sprühregen durchfeuchtete seinen Mantel. Nur die wenigen Autos, die von Zeit zu Zeit vorbeifuhren, brachten ein Zeichen von Leben in die Einsamkeit.

Langsam ging er am Denkmal vorbei und wartete auf Mr. Reeder. In der Nähe schlug eine Uhr die zehnte Stunde, dann ein Viertel nach zehn, aber von dem Kriminalbeamten war keine Spur zu sehen.

»Er hat Lunte gerochen«, knirschte Mo Liski und steckte den kurzen Totschläger, den er in der Hand hielt, wieder in seine Tasche. Um elf Uhr stolperte ein Polizeibeamter auf seinem

Rundgang über ein stöhnendes Etwas, das quer über dem Bürgersteig lag. Er zog seine Taschenlampe heraus und sah in ihrem Schein den geschnitzten Handgriff eines maurischen Dolches, bevor er noch das schmerzverzerrte Gesicht Mo Liskis erkannte ...

»Ich verstehe nicht recht, wie die ganze Sache zusammenhängt«, sagte Pyne nachdenklich, der vom Präsidium zu einer gemeinsamen Besprechung gerufen worden war. »Wieso sind Sie so sicher, daß Rahbut der Täter war?«

»Ich bin nicht sicher«, beeilte sich Reeder, den falschen Ausdruck zu korrigieren. »Ich habe Rahbut erwähnt, weil ich ihn am Nachmittag gesehen und seine Wohnung nach den Smaragden durchsucht habe – übrigens bin ich fest davon überzeugt, daß die immer noch in Marokko sind, Sir.« Er sprach zu seinem Chef. »Mr. Rahbut hat sich ganz vernünftig benommen, wenn man bedenkt, daß unsere Methoden ihm fremd sind.«

»Haben Sie bei dieser Gelegenheit Mo Liski erwähnt, Mr. Reeder?« fragte der Assistent des Staatsanwaltes.

Mr. Reeder kratzte sein Kinn.

»Ich glaube, ja. Ich bin sogar ziemlich sicher, daß ich ihm erzählt habe, daß ich um zehn Uhr mit Mr. Liski eine Verabredung hätte. Ich kann mich nicht mehr genau erinnern, wie wir auf Liski zu sprechen kamen. Möglicherweise habe ich versucht, diesen Mauren zu bluffen – bluffen ist zwar ein vulgärer Ausdruck, aber er trifft genau das, was ich meine. Ich gab ihm zu verstehen, ich könnte auch jemand anderen befragen, der über manche geheimnisvollen Dinge recht gut Bescheid weiß – falls er selbst mir nichts über die Smaragde sagen wolle. Ja, das habe ich möglicherweise zu Rahbut gesagt. Wie ich hörte, muß Liski für lange Zeit im Krankenhaus bleiben. So ein Jammer! Ich könnte es mir niemals verzeihen, wenn meine unbedachten Worte das bewirkt haben sollten – Liski ins Krankenhaus zu bringen – lebendig!«

Als er gegangen war, warf der Staatsanwalt Chefinspektor Pyne einen Blick zu. Pyne lächelte.

»Wie heißt doch dieses gefährliche Reptil?« fragte der Chefinspektor. »Mamba, nicht wahr? Ich werde es nicht vergessen.«

In den Tagen von Mr. Reeders Jugend, das heißt in den Tagen, als es noch Pferdedroschken gab und kein Gentleman ohne eine Blume im Knopfloch ausging, wurde er einmal mit einem anderen jungen Beamten von Scotland Yard nach Nottingham geschickt, um einen jugendlichen Erfinder zu verhaften; dessen Einkommen war beträchtlich, aber seine Methoden mißfielen Scotland Yard. Dieser junge Mann erfand keine Maschinen oder genialen Vorrichtungen zur Arbeitserleichterung – er erfand Geschichten. Und das waren keine Geschichten im gebräuchlichen Sinne des Wortes – es waren falsche Behauptungen, die dazu bestimmt waren, naiven Menschen das Geld aus der Tasche zu ziehen. Mr. Elter bediente sich nicht weniger als fünfundzwanzig verschiedener Namen und ebenso vieler Adressen, und er war auf dem besten Wege, ein beträchtliches Vermögen zusammenzuscharren, als ihn Nemesis auf breiten Sohlen ereilte, ihn am Arm packte und der Gerechtigkeit zuführte. Ein unsympathischer Richter verurteilte ihn zu sieben Jahren Gefängnis und nannte ihn einen unverbesserlichen Schwindler und eine Bedrohung der menschlichen Gesellschaft. Darüber lachte Willie Elter nur, denn er war so dickfellig, daß die Haut eines Elefanten dagegen wie dünnste Seide war.

Mr. Reeder behielt diesen Fall hauptsächlich deshalb im Gedächtnis, weil der Untersuchungsrichter, als er die verschiedenen Verkleidungen und Arbeitsmethoden des Angeklagten erläuterte, auch ein besonderes Merkmal erwähnte – nämlich die Unfähigkeit des Angeklagten, das Wort ›möglich‹ richtig zu schreiben. In allen seinen Briefen stand immer ›möklich‹.

»Jeder Verbrecher hat seine bestimmte Eigenart«, hatte der Staatsanwalt erklärt. »Und die führt meistens zu seiner Entdekkung. Wie immer er sich auch verkleiden mag und wie geschickt er von einer Rolle in die andere schlüpft, diese Eigenart behält er doch immer bei, und daran wird man ihn erkennen. Ganz besonders trifft dies auf Fälscher und Erpresser zu.«

Diese Worte vergaß Mr. Reeder niemals. Nur wenige Leute wußten, daß er mit Scotland Yard zusammenarbeitete. Er wich solchen Fragen stets aus und behauptete, daß er nur ein krasser Amateurdetektiv sei, der seine Erfolge in der Aufklärung von Verbrechen lediglich seiner eigenen üblen Veranlagung verdanke, auch da ein Unrecht zu sehen, wo andere nichts bemerkten.

In Brockley Road wohnte ein hübsches junges Mädchen, Miss Margaret Belman. J. G. Reeder hatte sie nicht nur gern, weil sie hübsch, sondern auch weil sie gescheit war, das sind zwei Eigenschaften, die nicht immer zusammentreffen. Er mochte sie so gut leiden, daß er häufig mit ihr zusammen in der Tram nach Hause fuhr, und sie unterhielten sich dann angeregt über den Prinzen von Wales, die neue Regierung oder die hohen Lebenshaltungskosten und ähnliche interessante Themen. Einmal erzählte ihm Miss Belman von einer Dame, die mit ihr in der gleichen Pension wohnte, einer Mrs. Carlin – und kurz darauf lernte er sie auch kennen. Mrs. Carlin war eine zarte, junge Frau, auf deren Antlitz Kummer und Sorgen ihre Spuren hinterlassen hatten und in deren schönen Augen etwas Tragisches lag.

So geschah es, daß er bereits alles über Mr. Harry Carlin wußte, bevor noch Lord Sellington ihn zu sich rief, denn Mr. Reeder hatte die Gabe, Vertrauen zu erwecken, allein durch die Ausstrahlung seiner Persönlichkeit.

Mrs. Carlin sprach ohne Bitterkeit von ihrem Mann – aber auch ohne Schmerz. Sie hatte ihn in den wenigen Jahren ihrer Ehe nur zu gut kennengelernt. Ihr entschlüpfte einmal die Andeutung, daß ihr Mann einen reichen Verwandten habe, dessen Erbe er sein würde, wenn er ein normales Leben führte. Ihr Sohn würde zu gegebener Zeit einen hohen Titel – aber kein Vermögen haben. Mrs. Carlin gab sich dann aber solche Mühe, von dem, was sie gesagt hatte, wieder abzulenken, daß Mr. Reeder, der ein gewisses Mißtrauen gegen Adelige in Brockley hatte, doch von ihrer Aufrichtigkeit überzeugt war. Später erfuhr er, daß es sich um den Earl von Sellington und Manford handelte.

Im Büro der Staatsanwaltschaft war stille Zeit, und es schien fast so, als ob das Verbrechen aus unserer Welt verschwunden sei. Mr. Reeder saß Tag für Tag in seinem Büro, drehte die

Daumen umeinander, las die Anzeigen der Times oder malte Männchen auf das Löschpapier. Er unterbrach seine Beschäftigung nur ab und zu durch kleine Ausflüge in die Teile Londons, die nur sehr wenige Leute zu ihrem Vergnügen aufsuchen. Er liebte es, seine Nase in die Slums bei den Great Surrey Docks zu stecken; er bummelte an der Nordseite des Flusses herum, ebenfalls bei den Docks. Als aber sein Chef ihn fragte, warum er so viel Zeit in Limehouse, dem berüchtigtsten Viertel Londons, verbringe, antwortete Mr. Reeder mit einem rührenden Lächeln:

»Nun, Sir, ich habe über diese Gegend viel gelesen – aber im Roman ist sie unendlich viel interessanter als in der Wirklichkeit. Nun gut, es gibt da Chinesen, und wahrscheinlich sind Chinesen romantisch, aber selbst diese tragen nichts dazu bei, Limehouse etwas Abenteuerliches zu verleihen. Limehouse ist der respektabelste und gesetzestreueste Winkel von East End.«

Eines Morgens ließ der Erste Staatsanwalt Mr. Reeder zu sich kommen, der diesem Rufe leichtfüßig und in froher Erwartung folgte.

»Gehen Sie zum Foreign Office und suchen Sie Lord Sellington auf«, sagte sein Chef. »Er ist ziemlich verärgert über seinen Neffen, Harry Carlin. Kennen Sie diesen Namen?«

Mr. Reeder schüttelte den Kopf; im Augenblick brachte er diesen Namen nicht mit jener jungen, blassen Frau in Verbindung, die in Brockley Road wohnte.

»Carlin ist ein ziemlich übles Subjekt«, erklärte der Staatsanwalt, »und bedauerlicherweise ist er Sellingtons Erbe. Ich nehme fast an, daß der alte Gentleman seine eigene Ansicht über seinen Neffen von Ihnen bestätigt haben möchte.«

»Du lieber Himmel!« sagte Reeder und machte sich davon.

Lord Sellington, Unterstaatssekretär im Foreign Office, war Junggeselle und ein steinreicher Mann. Er war schon sehr vermögend, als vor Jahren eine Panik an der Börse ihn veranlaßt hatte, seine Güter zu verkaufen und sein Geld, entgegen allen Ratschlägen, in amerikanischen Industriepapieren anzulegen. Der Krieg hatte den Wert dieser Papiere verdreifacht, und glückliche Ölspekulationen hatten den Lord zum mehrfachen

Millionär gemacht. Er war Philanthrop und gab reichliche Spenden für Waisenhäuser und ähnliche wohltätige Institutionen. Sellington, dünn und mit saurem Gesicht, starrte unter dicken Augenbrauen auf Reeder, der sich in das Zimmer hineinschob.

»So, Sie sind Reeder, eh?« brummte er und war augenscheinlich nicht sehr beeindruckt von diesem Besucher. »Setzen Sie sich, setzten Sie sich.« Er winkte gereizt mit der Hand, ging zur Tür, als ob er nicht sicher sei, daß Reeder sie geschlossen habe, kam zurück und warf sich in seinen Sessel.

»Ich habe es vorgezogen, Sie kommen zu lassen, anstatt die Sache der Polizei zu übergeben«, begann er. »Sir James hat sich äußerst lobend über Ihre Diskretion ausgesprochen.«

Mr. Reeder verbeugte sich leicht, und dann folgte eine lange, peinliche Pause, die schließlich von dem Unterstaatssekretär verärgert beendet wurde.

»Ich habe einen Neffen – Harry Carlin. Kennen Sie ihn?«

»Ich habe von ihm gehört«, antwortete Mr. Reeder wahrheitsgemäß. Auf seinem Weg zum Foreign Office hatte er sich an die verlassene Ehefrau erinnert.

»Dann haben Sie bestimmt nichts Gutes über ihn gehört«, rief seine Lordschaft ergrimmt. »Dieser Bursche ist ein Lump, ein Verschwender, eine Schande für den Namen, den er trägt. Wenn er nicht der Sohn meines Bruders wäre, würde ich ihn noch heute hinter Schloß und Riegel bringen lassen – diesen Verbrecher! Ich habe vier Wechsel in Händen.«

Er unterbrach sich, riß wütend eine Schublade auf, nahm einen Brief heraus und warf ihn auf den Tisch.

»Lesen Sie das«, fuhr er Reeder an.

Mr. Reeder setzte etwas umständlich seinen Kneifer auf die Nase und las das Schreiben genau durch. Es trug den Briefkopf ›Kinderheim von Eastleigh‹ und enthielt die Bitte um Überlassung von fünftausend Pfund, die am gleichen Abend abgeholt werden sollten. Unterschrieben war es mit ›Arthur Lassard‹.

»Sie kennen natürlich Lassard?« fragte seine Lordschaft. »Er ist der Gentleman, der mir bei meiner philanthropischen Arbeit zur Seite steht. Gewisse Zahlungen für den Ankauf von Ländereien, die an das Kinderheim angrenzen, waren fällig, und es gibt viele Notare, die im Interesse ihrer Klienten die Kaufsumme in bar ausgezahlt haben wollen. Ich hatte das Geld von der Bank holen lassen und es meinem Sekretär übergeben; es war verabredet, daß einer von Lassards Angestellten es abholen sollte. Daß es abgeholt worden ist, brauche ich Ihnen wohl nicht zu sagen«, erklärte seine Lordschaft erbost. »Wer auch immer diesen Plan ausgeheckt hat, der hat es außerordentlich geschickt angestellt. Man wußte, daß ich gestern abend im Oberhaus eine Rede halten würde; es war ebenfalls bekannt, daß ich kürzlich meinen Sekretär gewechselt habe und daß diesem die meisten meiner Bekannten natürlich noch fremd sind. Gegen halb sieben kam ein bärtiger Mann, wies einen Brief von Mr. Lassard vor, und damit war mein Geld verschwunden. Wir haben nur herausbekommen, daß es heute morgen in amerikanische Dollar umgewechselt worden ist. Natürlich waren beide Briefe gefälscht: Lassard hat weder die fünftausend Pfund von mir gefordert, die erst nächste Woche fällig sind, noch hat er den anderen Brief geschrieben.«

»Hat irgend jemand von diesem Landkauf gewußt?« fragte Mr. Reeder. Seine Lordschaft nickte.

»Mein Neffe wußte davon. Zwei Tage davor kam er zu mir, um sich Geld zu borgen. Von seiner Mutter her hat er ein kleines Einkommen, das aber nicht ausreicht, um seine verrückten Extravaganzen zu bezahlen. Er hat mir ganz offen zugegeben, daß er völlig blank von Aix zurückgekommen sei. Wie lange er schon in London war, weiß ich nicht, aber er war mit mir im Arbeitszimmer, als der Sekretär mir das Geld für den Landkauf hereinbrachte. Törichterweise erklärte ich ihm, warum ich so viel Bargeld im Hause hätte und warum es mir unmöglich sei, ihm die tausend Pfund zu borgen, die er von mir haben wollte.«

Mr. Reeder kratzte sich am Kinn.

»Und was soll ich dabei tun?« fragte er.

»Ich wünsche, daß Sie Carlin finden«, schnauzte Lord Sellington. »Aber vor allem will ich das Geld zurückhaben – verstehen Sie, Reeder? Sagen Sie ihm, wenn er es nicht zurückzahlt . . .«

Mr. Reeder betrachtete aufmerksam die Tischkante.

»Das klingt fast, als ob ich veranlaßt werden sollte, eine ungesetzliche Handlung zu begehen«, sagte er respektvoll. »Aber es ist klar, daß unter besonderen Umständen auch besondere Methoden angewendet werden müssen. Dieser bärtige Gentleman, der das Geld abgeholt hatte, war der wohl« – er zögerte – »glauben Sie, daß er verkleidet war?«

»Natürlich war er verkleidet«, antwortete der andere bissig.

»Man liest häufig von solchen Sachen«, seufzte Mr. Reeder, »aber im wirklichen Leben taucht der bärtige Fremde nur äußerst selten auf. Würden Sie mir bitte die Adresse Ihres Neffen geben?«

Lord Sellington zog eine Karte aus der Tasche und warf sie über den Tisch. Sie fiel zu Boden, aber er entschuldigte sich nicht. Das war so seine Art.

»Jermyn Mansions«, las Mr. Reeder und erhob sich. »Ich will sehen, was sich tun läßt.«

Lord Sellington grunzte etwas, das möglicherweise ein Abschiedsgruß war, aber wahrscheinlich war es keiner.

Jermyn Mansions war ein schmales, hohes Gebäude, und glücklicherweise war Harry Carlin zu Hause, als der Vertreter der Staatsanwaltschaft das schäbige Wohnzimmer betrat, das zur Jermyn Street hinausging.

Ein schlanker junger Mann stand am Fenster und blickte verdrossen auf die Straße hinab. Als Mr. Reeder gemeldet wurde, wandte er sich um. Sein schmales Gesicht, die enge Stirn und die kleinen Augen zeigten alle Familienmerkmale der Sellingtons, unter denen auch die leichte Reizbarkeit nicht fehlte.

Durch die offene Tür sah Reeder in ein sehr unordentliches Schlafzimmer, und sein Blick fiel auf einen arg mitgenommenen Koffer, der fast ganz mit kontinentalen Hotelzetteln beklebt war.

»Was zum Teufel wollen Sie denn?« fragte Mr. Carlin, aber trotz seines barschen Tones bemerkte Mr. Reeder eine gewisse Unruhe in seiner Stimme.

»Ich darf mich doch setzen?« meinte er und zog ohne weitere Aufforderung einen Stuhl heran. Vorsichtig ließ er sich darauf nieder, denn die Qualität der Stühle in derartigen Pensionen war ihm bekannt.

Seine Selbstsicherheit und der Anklang von Autorität in Mr. Reeders Stimme verstärkten Mr. Harry Carlins Unsicherheit; und als Reeder ohne Umschweife auf den Zweck seines Besuches zu sprechen kam, sah er, wie der Mann erbleichte.

»Eine unangenehme Angelegenheit.« Mr. Reeder zog sorgfältig die Hosenbeine ein wenig hoch. »Aber wir wollen offen miteinander reden und keine Umschweife machen.«

Und er machte wirklich so wenig Umschweife, daß Carlin entsetzt in einen Stuhl fiel.

»Was – was!« stammelte er. »Wagt es dieser alte Schuft vielleicht ...! Ich dachte, Sie kämen wegen der Wechsel, ich meine ...«

»Ich meine«, unterbrach ihn Mr. Reeder bedeutsam, »falls Sie sich einen kleinen Scherz mit Ihrem Onkel erlaubt haben, ist das Spiel nun weit genug gegangen. Wenn das Geld zurückgegeben wird, will Lord Sellington die Sache auf sich beruhen lassen und das Ganze als einen dummen Streich ansehen ...«

»Aber ich habe sein verfluchtes Geld nicht angerührt«, kreischte der junge Mann beinahe. »Ich brauche sein Geld überhaupt nicht ...«

»Im Gegenteil, Sir«, sagte Reeder höflich. »Sie brauchen es sogar sehr nötig. Sie sind aus dem Hotel Continental ausgezogen, ohne Ihre Rechnung zu bezahlen; sie schulden verschiedenen Leuten über sechshundert Pfund, die Sie sich geliehen haben; in Frankreich läuft ein Haftbefehl gegen Sie, weil Sie Schecks ohne Deckung ausgegeben haben. Tatsächlich« – Mr. Reeder kratzte sich wieder am Kinn und sah gedankenvoll aus dem Fenster –, »tatsächlich kenne ich keinen Gentleman in der ganzen Jermyn Street, der das Geld nötiger brauchte als Sie.«

Carlin wollte ihn unterbrechen, aber der ältere Mann fuhr unbarmherzig fort:

»Ich habe über eine Stunde im Archiv von Scotland Yard verbracht, wo Ihr Name nicht unbekannt ist, Mr. Carlin. Sie haben London ziemlich hastig verlassen, um – hm – Unannehmlichkeiten aus dem Weg zu gehen. Sagten Sie nicht ›Wechsel‹?

Man weiß, daß Sie mit Leuten verkehren, auf die die Polizei ein Auge hat. Sie waren außerdem in einen ganz besonders üblen Wettbetrug verwickelt. Und daß es da noch eine verlassene junge Frau gibt, die ihren Lebensunterhalt mühsam verdienen muß, und einen kleinen Jungen, für den Sie niemals etwas getan haben – das gehört noch zu Ihren kleineren Übeltaten.«

Carlin fuhr sich mit der Zunge über die trockenen Lippen.

»Ist das alles?« fragte er und versuchte, spöttisch zu lächeln, aber seine Stimme schwankte, und seine zitternden Hände verrieten seine Aufregung.

Reeder nickte.

»Gut, ich werde Ihnen mal etwas sagen«, begann Carlin. »Ich möchte meiner Frau gegenüber richtig handeln. Ich gebe zu, ich habe mich ihr gegenüber bisher nicht anständig verhalten, aber ich hatte ja auch niemals das nötige Geld dazu. Dieser alte Teufel hat sich immer darin wälzen können, verdammt! Ich bin sein einziger Verwandter, und was hat er getan? Jeden Penny den verdammten Waisenhäusern hinterhergeworfen! Wenn ihn wirklich jemand mit den Fünftausend 'reingelegt hat, freue ich mich nur darüber! Ich hätte nicht die Nerven dazu gehabt, aber ich freue mich, daß es irgend jemand getan hat. Jeden Penny hat er einem Haufen plärrender, schmutziger Rangen vermacht – und ich habe das Nachsehen!«

Mr. Reeder ließ ihn toben, ohne ihn zu unterbrechen, bis der junge Mann schließlich atemlos in einen tiefen Sessel sank und seinen Besucher anstarrte.

»Sagen Sie ihm das«, keuchte er, »sagen Sie ihm das!«

Auf dem Rückweg nahm sich Mr. Reeder die Zeit, in dem kleinen Büro in der Portugal Street vorzusprechen, von dem aus alle wohltätigen Unternehmungen Lord Sellingtons geleitet wurden. Mr. Arthur Lassard hatte augenscheinlich schon mit seinem hohen Gönner Rücksprache genommen, denn kaum hatte Mr. Reeder seinen Namen genannt, als er auch schon unverzüglich in das holzgetäfelte Zimmer des Chefs geführt wurde.

Es war nicht unnatürlich, daß Lord Sellington für die Durchführung seiner Wohltätigkeitsunternehmen sich als Assistenten einen so ausgezeichneten Organisator wie Mr. Arthur Lassard gewählt hatte. Mr. Lassards philanthropische Tätigkeit war weithin bekannt. Er war ein breitschultriger Mann mit freundlichem, rotem Gesicht und kahlem Kopf, und er hatte siegreich alle Angriffe abgewehrt, denen Männer in seiner Position so häufig ausgesetzt sind; auch der kürzliche Besuch Harry Carlins hatte ihn nicht besonders beeindrucken können.

»Ich möchte nicht unfreundlich erscheinen«, sagte er, »aber unser Freund besuchte mich unter einem so nichtigen Vorwand, daß ich den Verdacht nicht loswerden kann, er wollte sich nur einen meiner Briefbogen verschaffen. Tatsächlich hatte ich einige Minuten das Zimmer verlassen, und so hatte er leicht die Möglichkeit, sich einen anzueignen.«

»Was gab er denn als Grund für seinen Besuch an?« fragte Mr. Reeder, und der andere zuckte mit den Achseln.

»Er wollte Geld. Zuerst war er ganz höflich und bat mich, seinen Onkel zu überreden, ihm etwas zu geben. Aber dann wurde er grob, sagte, ich würde ihn berauben – ich und meine ›verfluchten Wohltätigkeitsstiftungen‹.« Er gluckste vor Vergnügen, wurde aber sofort wieder ernst.

»Die Lage erscheint mir ziemlich mysteriös«, sagte er. »Offenbar hat Carlin ein Verbrechen begangen, denn er hat fürchterliche Angst vor seinem Onkel.«

»Sie sind also davon überzeugt, daß Carlin Ihren Namen gefälscht und das Geld geraubt hat?«

Der Geschäftsführer hob seine Arme wie in Verzweiflung.

»Wen sonst könnte ich denn verdächtigen?«

Mr. Reeder zog den gefälschten Brief aus seiner Tasche und las ihn noch einmal.

»Ich habe vorhin mit seiner Lordschaft telefoniert«, begann Mr. Lassard. »Er will natürlich Ihren Bericht hören, und wenn es Ihnen nicht gelungen ist, Carlin zum Geständnis zu bringen, will er mit seinem Neffen heute abend noch einmal selbst sprechen und ihm ins Gewissen reden. Ich kann es eigentlich kaum glauben, daß Mr. Carlin das Geld gestohlen hat, obwohl alle Anzeichen dafür sprechen. Haben Sie mit ihm gesprochen, Mr. Reeder?«

»Ja«, antwortete Reeder, »ich habe mit ihm gesprochen.«

Mr. Arthur Lassard sah ihn forschend an, als wolle er versuchen, aus dem Gesicht Reeders abzulesen, welche Folgerungen er aus dieser Begegnung gezogen habe, aber Reeders Gesicht war völlig ausdruckslos.

Er reichte Lassard flüchtig die Hand und ging zum Haus des Unterstaatssekretärs. Die Unterhaltung war kurz und wenig erfreulich.

»Ich habe es mir nicht einmal im Traum einfallen lassen, daß Harry die Sache eingestehen würde«, sagte Lord Sellington mit kaum versteckter Verachtung. »Harry braucht jemand, vor dem er Angst hat, und – bei Gott! – die soll er vor mir haben! Er kommt heute abend zu mir.« Ein Hustenanfall unterbrach ihn, und er ließ hastig einige Tropfen aus einer Medizinflasche, die auf seinem Schreibtisch stand, in ein Glas mit Wasser fallen; dann trank er gierig. »Heute abend sehe ich ihn«, keuchte er, »und dann werde ich ihm sagen, was ich vorhabe. Bis jetzt habe ich Rücksicht darauf genommen, daß er mein Verwandter ist und einmal den Titel erben wird. Aber das ist vorbei. Jeden Penny vermache ich wohltätigen Stiftungen. Ich glaube, ich habe noch zwanzig Jahre vor mir, aber jeder Penny . . .«

Er hielt inne. Sellington war ein Mann, der seine Gefühle kaum verbergen konnte, und Mr. Reeder, der große Menschenkenner, spürte seinen inneren Kampf.

»Er hat mir gesagt, daß er niemals eine Chance gehabt hat«, dachte Sellington laut. »Vielleicht habe ich ihn wirklich nicht ganz gerecht behandelt – wir werden ja sehen.« Dann winkte er seinen Besucher aus dem Büro hinaus, als ob er einen fremden Hund verscheuchte. Reeder ging mit Widerstreben, denn er hätte seiner Lordschaft gern noch einiges gesagt.

Es war eine Eigenheit von Mr. Reeder, bei Fällen, die ihn besonders interessierten, in seinem altmodischen Privatbüro in der Brockley Road Zuflucht zu suchen. Zwei Stunden verbrachte er an seinem Schreibtisch und telefonierte ununterbrochen. Merkwürdigerweise waren alle Gentlemen, mit denen er sprach, Buchmacher. Die meisten von ihnen kannte er persönlich. In jener Zeit, als er der bedeutendste Sachverständige für Banknotenfälschungen gewesen war, hatte er mit diesen Leuten Kontakt gehalten, da die Fälscher sehr häufig ihre Ware bei den nichtsahnenden Buchmachern umsetzten.

Um acht Uhr hatte Reeder seine Arbeit beendet. Er schrieb noch eine kurze Notiz und ließ sie durch einen Boten fortbringen.

Was weiterhin an diesem Abend geschah, kann am besten in der einfachen Sprache des Zeugenstandes berichtet werden.

Lord Sellington hatte nach der Unterredung mit Mr. Reeder sein Büro verlassen und war nach Hause gegangen. Er fühlte sich fiebrig und hatte daher – nach Aussage seines Sekretärs – die Absicht, die Besprechung mit seinem Neffen aufzuschieben. Carlin konnte in seiner Pension jedoch telefonisch nicht erreicht werden, da er ausgegangen war. In Anwesenheit Mr. Lassards beschäftigte sich seine Lordschaft dann bis gegen neun Uhr mit seinen karitativen Angelegenheiten. Er arbeitete in einem kleinen Studio neben seinem Schlafzimmer.

Gegen Viertel zehn Uhr traf Carlin ein und wurde von dem Butler nach oben geführt. Der Mann erklärte, er habe gleich darauf erregte Stimmen gehört. Um halb zehn kam Carlin die Treppe wieder herunter und verließ das Haus. Wenige Minuten später klingelte Lord Sellington seinem Diener, da er sich zur Ruhe begeben wollte.

Am nächsten Morgen um halb acht Uhr ging der Diener in das Schlafzimmer seines Herrn, um ihm wie gewöhnlich eine Tasse Tee zu bringen. Er fand Lord Sellington, mit dem Gesicht nach unten, auf dem Fußboden liegend; er war tot, und zwar mußte der Tod schon vor Stunden eingetreten sein. Äußere Verletzungen waren nicht zu sehen, und beim ersten Anblick sah es so aus, als ob der Sechzigjährige in der Nacht einen Schlaganfall erlitten habe. Aber verschiedene Umstände ließen auf sehr ungewöhnliche Vorgänge schließen. Der kleine Safe in Lord Sellingtons Schlafzimmer stand offen, Papiere waren auf dem Boden verstreut, und auf dem Kaminrost lag ein Haufen Asche, in dem noch Reste nicht gänzlich verbrannter Schriftstücke zu finden waren.

Der Diener benachrichtigte sofort Arzt und Polizei, und von

diesem Augenblick an lag die Angelegenheit nicht mehr in den geschickten Händen Mr. Reeders, der wenig später seinem Vorgesetzten kurz das Resultat seiner Nachforschungen mitteilte.

»Ich fürchte, es war Mord«, sagte er betrübt. »Der Gerichtsarzt ist vollkommen sicher, daß es sich um eine Akonitvergiftung handelt. Man hat eines der nicht restlos verbrannten Papiere fotografiert und festgestellt, daß es sich um das Testament handelt, in dem Lord Sellington sein gesamtes Vermögen wohltätigen Stiftungen vermachte.«

Er schwieg nachdenklich.

»Nun?« fragte sein Chef. »Was bedeutet das?«

Mr. Reeder hüstelte.

»Das bedeutet, daß Lord Sellington ohne letzte Verfügung starb, falls sich das verbrannte Testament nicht einwandfrei rekonstruieren läßt – und ich bezweifle, daß das möglich ist. Das Vermögen geht dann mit dem Titel an . . .«

»Carlin?« fragte der Staatsanwalt betroffen.

Mr. Reeder nickte.

»Es sind auch noch andere Papiere verbrannt worden; vier lange, schmale Papiere, die mit einer Büroklammer zusammengeheftet waren. Sie sind gänzlich unleserlich.«

Er seufzte wieder. Der Staatsanwalt blickte auf.

»Sie haben noch nichts von dem Brief erwähnt, den ein Bote für Lord Sellington überbrachte, als er sich schon in sein Schlafzimmer zurückgezogen hatte.«

Mr. Reeder rieb sein Kinn.

»Nein, davon habe ich noch nichts erwähnt«, sagte er zögernd.

»Ist er denn gefunden worden?«

»Ich weiß es nicht – ich glaube nicht«, kam die zaudernde Antwort.

»Glauben Sie, daß dieser Brief vielleicht eine Aufklärung über das Verbrechen geben würde?«

»Möglicherweise«, antwortete Reeder sichtlich verlegen. »Würden Sie mich jetzt bitte entschuldigen, Sir? Inspektor Salter wartet auf mich.« Und er war aus dem Zimmer hinaus, bevor der Staatsanwalt noch weitere Fragen stellen konnte.

Inspektor Salter ging ungeduldig in Mr. Reeders kleinem

Büro auf und ab. Dann verließen beide gemeinsam das Gebäude. In wenigen Minuten brachte sie ihr Auto in die Jermyn Street. Vor dem Haus warteten drei Kriminalbeamte auf die Ankunft ihres Chefs, und der Inspektor ging hinein, unmittelbar gefolgt von Mr. Reeder. Sie waren schon halb auf der Treppe, als Reeder fragte:

»Kennt Carlin Sie?«

»Er muß wohl«, war die grimmige Antwort. »Ich habe mein Bestes getan, um ihn ins Gefängnis zu bringen, aber er ist mir entwischt und konnte aus England entkommen.«

»Hm!« brummte Reeder. »Es tut mir leid, daß er Sie kennt.«

»Warum?« Der Inspektor blieb auf der Treppe stehen.

»Weil er uns gesehen hat, als wir aus dem Auto stiegen. Ich sah sein Gesicht am Fenster . . .« Er brach ab.

Der Knall eines Schusses dröhnte durch das Haus, und in der nächsten Sekunde raste der Inspektor, zwei Stufen auf einmal nehmend, die Treppe hinauf und stürzte in Carlins Wohnung. Ein Blick auf die zusammengesunkene Gestalt genügte. Sie waren zu spät gekommen. Der Inspektor beugte sich über den toten Mann.

»Das erspart der Regierung die Kosten eines Mordprozesses«, sagte er.

»Ich glaube nicht«, erwiderte Mr. Reeder liebenswürdig und begründete seine Meinung.

Eine halbe Stunde später, als Mr. Lassard sein Büro verließ, legte ihm ein Polizeibeamter die Hand auf die Schulter.

»Ihr Name ist Elter«, sagte er, »und ich verhafte Sie wegen Mordverdacht.«

»Der ganze Fall war eigentlich sehr einfach, Sir«, erklärte Reeder seinem Chef. »Elter war mir natürlich persönlich bekannt, aber ganz besonders war mir im Gedächtnis haften geblieben, daß er nicht imstande war, das Wort ›möglich‹ richtig zu schreiben. Ich erinnerte mich daran, als ich den Brief las, den er an Lord Sellington wegen des Geldes geschrieben hatte. Natürlich war es Elter selbst, der in einer Verkleidung die fünftausend Pfund abgeholt hatte. Der Mann ist schon immer ein unverbesserlicher Spieler gewesen, und ich brauchte gar keine ausgedehnten Erkundigungen einzuziehen, um herauszubringen, daß er große Schulden hatte; einer der Buchmacher hatte ihm sogar mit dem Staatsanwalt gedroht, falls er nicht bezahle. Das wäre natürlich das Ende Mr. Lassards, des großen Menschenfreundes, gewesen; das war übrigens Elters Hauptrolle, schwindelhafte ›Wohltätigkeitsgesellschaften‹ aufzuziehen. Es ist sonderbar, wie leicht es ist, Dumme zu finden, die Geld für sogenannte wohltätige Zwecke spenden.

Vor vielen Jahren, als ich noch ein junger Mann war, konnte ich dazu beitragen, daß Elter zu sieben Jahren verurteilt wurde. Dann hatte ich ihn aus den Augen verloren, bis ich den Brief sah, den er an Lord Sellington geschickt hatte. Unglücklicherweise für ihn lautete die eine Zeile: ›Ich würde mich freuen, wenn es Ihnen möglich wäre, dem Boten das Geld auszuhändigen‹ – und er schrieb das Wort ›möglich‹ genau so, wie ich es von Elter in Erinnerung hatte. Ich suchte ihn auf, um mich zu vergewissern, und dann schrieb ich an seine Lordschaft. Offenbar hat Lord Sellington den Brief aber erst spät in der Nacht gelesen.

Elter war an diesem Abend bei ihm gewesen und hatte eine lange Unterredung mit seiner Lordschaft. Ich vermute, daß Lord Sellington Bedenken gekommen waren, ob er seinen Neffen wirklich völlig enterben sollte – selbst wenn dieser ein noch so großer Gauner war. Elter sah seinen Plan, sich das Vermögen des alten Mannes anzueignen, gefährdet, und außerdem fürchtete er mein Auftreten in diesem Fall. So entschloß er sich, Lord Sellington noch am gleichen Abend zu ermorden, nahm Akonit mit und schüttete dies unbemerkt in die Medizinflasche, die stets auf Sellingtons Schreibtisch stand. Ob der alte Herr das Testament verbrannte, das seinen Neffen enterben sollte, bevor er merkte, daß er vergiftet wurde, oder erst später – das werden wir nie erfahren. Als ich sicher war, daß Lassard und Elter identisch waren, schickte ich durch Boten einen Brief an Lord Sellington.«

»Das aber war der Brief, der nicht gefunden werden konnte?«

Mr. Reeder nickte.

»Übrigens glaube ich, daß Sellington zusammen mit dem Testament auch die vier gefälschten Wechsel seines Neffen verbrannt hat. Vielleicht wußte Carlin schon, daß sein Onkel tot war; jedenfalls erkannte er den Inspektor, als wir aus dem Auto stiegen, und erschoß sich, weil er fürchtete, wegen der Wechselfälschung verhaftet zu werden.«

Mr. Reeder lächelte melancholisch.

»Ich wünschte nur, ich hätte niemals Mrs. Carlin kennengelernt. Meine Bekanntschaft mit dieser jungen Frau bringt in die ganze Angelegenheit eine Art von Zufall hinein, der zwar in Romanen erlaubt ist, aber im wirklichen Leben sehr peinlich wirkt. Er erschüttert das Vertrauen in die Logik allen Geschehens.«

VORTEILHAFTE KAPITALANLAGEN

Sieben Millionen Menschen leben in London, jeder dieser sieben Millionen steht in Theorie und Praxis unter dem Schutz des Gesetzes und ist ein wertvolles Mitglied der Allgemeinheit. Wird also jemand absichtlich geschädigt, muß der Täter bestraft werden, verliert einer sein Leben durch vorsätzliche Gewalt, muß der Mörder aufgehängt werden, bis der Tod eintritt. So will es das Gesetz.

Es ist, auch für das schärfste Auge des Gesetzes, aber ziemlich schwierig, sieben Millionen Menschen unter Aufsicht zu haben, von denen mindestens eine Million niemals am gleichen Fleck bleibt und im allgemeinen keinen festen Wohnsitz hat. Ebenso schwierig ist es, einige zwanzigtausend Menschen im Auge zu behalten, die zwar Wohnungen, aber keine menschlichen Bindungen haben. Dazu gehören Vagabunden, unverheiratete, vermögende Damen gesetzteren Alters, herumreisende Mitglieder der Verbrecherzunft und andere freundlose Individuen.

Zuweilen wenden sich Leute mit ängstlichen Fragen an das Polizeipräsidium, meist sind sie sehr schüchtern und ehrerbietig. Mr. X. hat seinen Nachbarn, Mr. Y., schon über eine Woche nicht mehr gesehen. Nein, er kennt Mr. Y. nicht näher. Niemand kennt ihn näher. Ein kleiner, alter Mann, ohne Freunde, ohne

Bekannte, der die schönen Tage mit der Pflege seines kleinen Gartens ausfüllte, in den sein geselligerer Nachbar hineinschauen konnte. Und nun werkelt Mr. Y. nicht mehr in seinem Garten. Die Milchflaschen bleiben vor der Haustür stehen, die Fensterläden sind geschlossen. Dann erscheint ein Polizeiwachtmeister auf der Bildfläche. Der schlägt ein Fenster ein, klettert in das Haus und findet Mr. Y. – tot. Gestorben vor Hunger, vielleicht auch Selbstmord. Wenn das der Fall ist, liegt die Sache klar, und es gibt keine Probleme. Aber angenommen, das Haus ist leer und Mr. Y. verschwunden! Hier wird die Situation heikel.

Miss Elver reiste in die Schweiz. Sie war ältlich, unverheiratet und ziemlich vermögend. Sie verschloß ihr Haus, reiste ab – und kehrte niemals wieder. Die Schweizer Behörden hielten Ausschau nach ihr, die italienischen Behörden durchsuchten Norditalien von Domodossola bis Montecatini, aber all ihre Bemühungen brachten die magere Dame mit dem leichten Silberblick nicht wieder zum Vorschein.

Und dann verreiste auch Mr. Charles Boyson Middlekirk, ein exzentrischer, jähzorniger alter Mann, der mit allen Nachbarn wegen ihrer lärmenden Kinder in Streit lebte. Er hatte niemand gesagt, wohin er reiste. Er lebte allein mit seinen drei Katzen und grüßte niemand. Auch er kehrte nicht in sein Haus zurück. Auch er lebte in guten Verhältnissen.

Und genauso war es mit Mrs. Athbell Marting, einer hartherzigen Witwe, die mit ihrem Packesel von Nichte zusammenlebte. Diese Dame hatte die Angewohnheit, von Zeit zu Zeit zu verschwinden, ohne jemand vorher etwas davon zu sagen. Die Nichte hatte die Erlaubnis, gerade soviel Lebensmittel einzukaufen, um Leib und Seele zusammenzuhalten. Wenn dann Mrs. Marting zurückkehrte – was sie stets tat! –, wurden die Rechnungen mit viel Gezeter bezahlt – so war es. Man glaubte, daß Mrs. Marting nach Boulogne oder Paris oder sogar nach Brüssel reiste. Aber eines Tages fuhr sie fort und kam nie wieder.

Sechs Monate später veröffentlichte die Nichte Suchanzeigen in den Zeitungen, wofür sie die billigsten auswählte – im Hinblick auf den Tag, da sie die Rechnungen vorlegen mußte.

*

»Merkwürdige Sache«, sagte der Staatsanwalt, der vor sich die Akten von vier Personen, drei Frauen und einem Mann, liegen hatte, die innerhalb der letzten drei Monate verschwunden waren.

Er runzelte die Stirn, drückte auf den Klingelknopf, und Mr. Reeder kam herein. Er nahm den angebotenen Stuhl, schaute eulenhaft über seinen Kneifer hinweg und schüttelte den Kopf, als ob er bereits wüßte, warum der Staatsanwalt ihn hatte kommen lassen.

»Was halten Sie von dem Verschwinden dieser Leute?« fragte sein Chef.

»Schwer zu sagen«, antwortete Reeder vorsichtig. »London ist eine große Stadt und voll von sonderbaren und verrückten Leuten, die aber ein ganz – hm – alltägliches Leben führen; es ist ein Wunder, daß die meisten von ihnen nicht verschwinden, um mal eine Abwechslung in ihr gewohntes Dasein zu bringen.«

»Haben Sie die einzelnen Berichte gelesen?«

Mr. Reeder nickte.

»Ich habe Abschriften davon«, sagte er. »Mr. Salter war so freundlich ...«

Der Staatsanwalt kratzte sich hinterm Ohr.

»Ich sehe eigentlich nichts Auffälliges hierin – ich meine, nichts besonders Auffälliges. Vier Personen verschwunden! Das ist doch ein ziemlich niedriger Durchschnitt für eine so große Stadt.«

»Siebenundzwanzig innerhalb von zwölf Monaten«, unterbrach ihn Mr. Reeder bescheiden.

»Siebenundzwanzig? Sind Sie dessen sicher?« Der hohe Beamte war verblüfft.

Mr. Reeder nickte wieder.

»Es waren alles Leute, die ein bißchen Geld hatten; alle hatten ein gutes Einkommen, das ihnen regelmäßig am Ersten jeden Monats in bar ausgezahlt wurde. Bei neunzehn von ihnen weiß ich das mit Sicherheit. Über die übrigen acht muß ich noch Erkundigungen einziehen. Und alle waren außerordentlich zurückhaltend in bezug auf die Herkunft ihres Einkommens. Keiner von ihnen hatte persönliche Freunde oder Verwandte, mit denen er verkehrte, mit Ausnahme von Mrs. Marting. Außer dieser einen Übereinstimmung in allen Fällen gibt es nichts, was sie gemeinsam haben.«

Der Staatsanwalt sah ihn scharf an, aber Mr. Reeder war niemals sarkastisch, auf jeden Fall nicht offensichtlich.

»Da ist noch ein Punkt«, fuhr Mr. Reeder fort. »Nach dem Verschwinden dieser Personen lief kein Geld mehr für sie ein. Es kam regelmäßig für Mrs. Marting, als sie auf ihren kurzen Reisen war, aber es blieb aus, als sie dann auf ihre letzte Reise ging.«

»Aber siebenundzwanzig Personen – wissen Sie das denn ganz genau?«

Mr. Reeder zog eine Liste hervor und verlas siebenundzwanzig Namen, Anschriften und Daten des Verschwindens.

»Und was glauben Sie, könnte ihnen zugestoßen sein?«

Mr. Reeder überlegte einen Augenblick und starrte versonnen auf den Teppich.

»Ich könnte mir vorstellen, daß sie ermordet wurden«, sagte er dann ziemlich heiter, und der Staatsanwalt fuhr aus seinem Sessel hoch.

»Sie scheinen heute morgen bester Laune zu sein«, meinte er bissig.

»Warum, um alles in der Welt, sollten sie denn ermordet worden sein?«

Mr. Reeder erläuterte das nicht. Er hatte es eilig fortzukommen, denn es war schon später Nachmittag, und nach einer stillschweigenden Übereinkunft erwartete ihn eine ausnehmend reizende junge Dame an der Trambahnhaltestelle Ecke Westminster Bridge und Embankment genau fünf Minuten nach fünf Uhr.

Die seelischen Qualitäten Mr. Reeders waren gänzlich unbekannt.

Manche Leute behaupteten, daß sein Mitleid mit den von ihm erwischten Übeltätern die reinste Heuchelei sei, andere wieder glaubten steif und fest, daß es ihm tatsächlich leid tat, diese irrenden Mitmenschen hinter Gitter zu bringen. Seine Haushälterin hielt ihn für einen Frauenfeind und erzählte ihren Freundinnen, daß er überhaupt keine Ader habe für die zärtlichen Gefühle, die das Leben erst schön machen. In den zehn Jahren, die sie in seinen Diensten stand, hatte er niemals ein weitergehendes Interesse für sie gezeigt, als sich nach ihrer Gicht zu erkundigen oder ihr zu empfehlen, Ferien an der See zu machen. Sie war schon über die mittleren Jahre hinaus, aber niemals im Leben gibt eine Frau es auf, das Beste zu hoffen! Sie war in jeder Beziehung eine vorzügliche Haushälterin, aber heimlich verachtete sie ihren Herrn ein bißchen und bezeichnete ihn ihren intimsten Freundinnen gegenüber als Vogelscheuche. Sie hatte Reeder sogar im Verdacht, getrennt von seinem mißhandelten Weibe zu leben. Diese Dame war Witwe – wie sie Mr. Reeder sogleich erzählt hatte, als er sie engagierte –, und sie hatte schon bessere Tage – weitaus bessere Tage! – gesehen.

In ihrem Benehmen Mr. Reeder gegenüber zeigte sie sich jedoch sehr respektvoll. Sie entschuldigte das wunderliche Aussehen seiner Besucher und seine ordinären Bekanntschaften. Sie vergab ihm seine dicksohligen, breiten Schuhe, seinen steifen Hut und die schauderhafte, fertiggebundene Krawatte. Aber es gibt eine Grenze für alle Heldenverehrung, und als sie entdeckte, daß Mr. Reeder beinahe jeden Morgen eine junge Dame in die Stadt begleitete und am Abend wieder mit ihr zurückkam, war diese Grenze erreicht.

Mrs. Hambleton erklärte ihren Freundinnen – und diese waren genau der gleichen Meinung –, daß es keinen größeren Narren gäbe als einen alten Narren und daß Heiraten zwischen jung und alt unweigerlich vor dem Scheidungsrichter endeten. Sie hatte sich angewöhnt, gewisse Seiten ihres bevorzugten Sonntagsblattes so aufgeschlagen auf Mr. Reeders Schreibtisch zu legen, daß sein Blick auf Schlagzeilen fallen mußte, wie: ›Liebesromanze eines alten Mannes‹ oder ›Niederträchtiges Weib fügt grauen Haaren Leid zu‹ – ›Tragödie vor Gericht‹. Ob Mr. Reeder diese Dokumente menschlichen Elends je las, wußte sie nicht. Er äußerte sich niemals zu diesen Tragödien unpassender Verbindungen und fuhr fort, Miss Belman jeden Morgen um neun Uhr und jeden Nachmittag fünf Minuten nach fünf zu treffen.

Mr. Reeder sprach so selten über seinen Beruf oder über einen Fall, den er gerade bearbeitete, daß es schon bemerkenswert war, wenn er mal eine Anspielung darauf machte. Möglicherweise hätte er es auch gar nicht getan, wenn nicht Miss Belman im Laufe ihrer Unterhaltung zufällig eine Bemerkung gemacht hätte, die indirekt mit dem Verschwinden so vieler Personen in Beziehung stand.

Sie hatten vom Urlaub gesprochen, und Margaret wollte auf einige Tage nach Cromer fahren.

»Ich werde am Zweiten reisen, weil meine monatliche Dividende immer am Ersten kommt.«

»Was?«

Reeder drehte sich um. In fast allen Gesellschaften werden die Dividenden nur alle sechs Monate ausgezahlt.

»Dividenden, Miss Margaret?«

Sie errötete leicht, als sie seine Überraschung bemerkte, und dann lachte sie.

»Sie haben sich wohl nicht vorgestellt, daß ich eine vermögende Frau bin?« neckte sie ihn. »Ich bekomme zehn Pfund monatlich – mein Vater hat mir bei seinem Tode ein kleines Haus mit Garten hinterlassen. Vor zwei Jahren habe ich das Haus für tausend Pfund verkauft und habe das Geld sehr günstig angelegt.«

Reeder rechnete schnell nach.

»Sie bekommen da etwa zwölfeinhalb Prozent«, sagte er. »Das ist wirklich eine wunderbare Kapitalanlage. Wie heißt denn die Gesellschaft?«

Margaret zögerte.

»Es tut mir furchtbar leid, aber das darf ich Ihnen nicht sagen – es soll geheim bleiben. Es hat irgend etwas mit einem südamerikanischen Syndikat zu tun, das Waffen an die – wie nennt man sie doch gleich – an die Guerillas liefert. Ich weiß, es ist ziemlich furchtbar, auf solche Art Geld zu verdienen – ich meine, mit Waffen und solchen Dingen, aber es macht sich doch so schrecklich gut bezahlt, und ich kann es mir nicht leisten, eine so gute Gelegenheit nicht wahrzunehmen.«

Reeder zog die Stirn kraus.

»Aber warum ist das denn ein so furchtbares Geheimnis?« fragte er. »Eine ganze Menge sehr ehrenwerter Leute verdienen ihr Geld mit solchen Geschäften.«

Doch sie schien nur ungern darüber sprechen zu wollen.

»Wir mußten uns verpflichten – wir, die Aktionäre, meine ich –, nichts über unsere Verbindung mit der Gesellschaft verlauten zu lassen«, sagte sie. »Das stand in dem Vertrag, den ich unterzeichnen mußte. Das Geld kommt ganz regelmäßig, ich habe schon fast dreihundert Pfund in Dividenden für meine Tausend zurückbekommen.«

»Hm«, brummte Mr. Reeder, der klug genug war, keine weiteren Fragen zu stellen. Morgen war auch noch ein Tag!

Aber der nächste Tag brachte ihm nicht die erhoffte Gelegenheit. Jemand spielte ihm einen Streich – aber daran war er schon gewöhnt, denn es gab ziemlich viele Menschen, die Grund hatten, ihn zu hassen, und die ihm seine unerwünschten Aufmerksamkeiten heimzahlen wollten.

»He, Sie sind doch Reeder?«

Mr. Reeder hielt seinen Schirm fest in beiden Händen und blickte über seinen Kneifer hinweg auf ein schäbig gekleidetes Subjekt, das vor ihm auf der untersten Haustürstufe stand. Gerade war Mr. Reeder aus dem Haus getreten, um in sein Büro in White Hall zu eilen – und da er ein pedantischer Mann war, der genau nach der Uhr lebte, ärgerte er sich auf seine milde Weise über die Unterbrechung, die ihn bereits fünfzehn Sekunden seiner kostbaren Zeit gekostet hatte.

»Sie sind doch der Kerl, der Ike Walker gegriffen hat?«

Mr. Reeder hatte in der Tat schon viele Menschen ›gegriffen‹. Er war von Beruf ein ›Greifer‹ – und das bedeutet, wenn man es aus dem Slang übersetzt, einen Mann, der dafür sorgt, daß die Übeltäter festgenommen werden. Ike Walker war ihm ganz gut bekannt, er war ein sehr geschickter Banknotenfälscher, der in diesem Augenblick in Dartmoor saß und dort auch noch eine Weile bleiben mußte, bis seine zwölf Jahre um waren. Der Mann, der ihn angesprochen hatte, war ein kleiner Kerl mit verkniffenem Gesicht. Er trug einen Anzug, der ursprünglich für jemand bestimmt war, der entschieden länger und breiter war. Seine

Hosen waren so hoch umgekrempelt, seine Jacke und seine Weste so voller Flecke und so verknittert, daß nur jemand, der über die Kritik seiner Mitmenschen erhaben war, sie tragen konnte. Seine harten, funkelnden Augen starrten Mr. Reeder an, aber so weit der Kriminalbeamte erkennen konnte, lag keine Drohung in ihnen.

»Ja, ich habe dazu beigetragen, daß Ike Walker verhaftet wurde«, bestätigte Mr. Reeder ziemlich höflich.

Der Mann fuhr mit der Hand in seine Rocktasche und zog ein verknittertes Päckchen hervor, das in grünes Ölpapier eingeschlagen war. Mr. Reeder öffnete es und fand einen schmutzigen Briefumschlag darin.

»Das ist von Ike«, erklärte der Mann. »Gestern ist einer aus dem Kittchen entlassen worden und hat es mitgebracht.«

Mr. Reeder war nicht gerade überrascht. Er wußte genau, daß Gefängnisvorschriften nur dazu da waren, um gebrochen zu werden, und daß selbst in den bestgeführten Gefängnissen noch ganz andere Sachen passieren als nur das Hinausschmuggeln eines Briefes. Er öffnete den Umschlag, ohne seine Augen von dem Gesicht des Boten zu lassen, zog einen Fetzen Papier heraus und las schnell die wenigen Zeilen.

›Lieber Reeder – hier ist ein kleines Rätsel für Sie!

Was andere Leute gehabt haben, können Sie bekommen. Ich habe es nicht bekommen, aber es kommt zu Ihnen. Es ist glühend heiß, wenn Sie es bekommen, aber Sie sind kalt, wenn es verschwindet.

Ihr Sie liebender Freund Ike Walker,

der zwölf Jahre brummen muß, weil Sie einen Haufen Lügen erzählt haben.‹

Reeder schaute auf.

»Ihr Freund ist wohl ein bißchen verrückt?« fragte er höflich.

»Walker ist kein Freund von mir. Ein Mann hat mich gebeten, Ihnen das zu bringen«, sagte der Bote.

»Ganz im Gegenteil«, lächelte Mr. Reeder liebenswürdig.

»Ike hat Ihnen gestern in Dartmoor das Päckchen gegeben. Sie heißen Mills, sind achtmal wegen Einbruchs im Gefängnis gewesen, und Sie werden das neunte Mal sitzen, bevor das Jahr um ist. Sie sind vor zwei Tagen entlassen worden – ich habe Sie gesehen, als Sie sich in Scotland Yard gemeldet haben.«

Für einen Augenblick war der Mann bestürzt und schien davonrennen zu wollen.

Mr. Reeder blickte die Straße hinunter und sah eine schlanke Gestalt auf die Trambahn zugehen. Die Möglichkeit, Miss Belman zu treffen, war vorbei, und so änderte er seinen Zeitplan.

»Kommen Sie herein, Mr. Mills!«

»Ich will nicht 'reinkommen«, wehrte Mr. Mills ab, der jetzt völlig durcheinander schien. »Er hat mir aufgetragen, ich solle Ihnen das hier übergeben, und das habe ich gemacht. Und weiter ...«

Mr. Reeder winkte mit dem Zeigefinger.

»Komm, Vögelchen!« forderte er ihn mit der größten Liebenswürdigkeit auf. »Und bitte, ärgern Sie mich nicht. Ich bin nämlich durchaus fähig, Sie zu Ihrem Freund Walker zurückzuschicken. Wenn man mich reizt, kann ich ziemlich unangenehm werden.«

Niedergeschlagen folgte ihm der Bote in das Haus, streifte kräftig seine Schuhe an der Fußmatte ab und schlich auf Zehenspitzen die teppichbespannte Treppe zum Studierzimmer hinauf, wo Mr. Reeder die meisten seiner Fälle durchdachte.

»Setzen Sie sich, Mills!« Mit eigenen Händen zog Mr. Reeder einen Stuhl für seinen unangenehmen Gast heran, setzte sich selbst hinter den Schreibtisch und legte den Brief vor sich hin. Dann rückte er seinen Kneifer zurecht und las die Zeilen noch einmal.

»Ich gebe es auf.« Er schüttelte den Kopf. »Lesen Sie mir das Rätsel doch mal vor.«

»Ich weiß nicht, was in dem Brief steht ...«, begann der Mann.

»Lesen Sie mir das Rätsel vor!« wiederholte Reeder.

Als Mr. Reeder den Brief über den Tisch reichte, verriet der Mann sich selbst, denn er fuhr empor und stieß den Stuhl mit einem entsetzten Ausruf zurück, der dem Kriminalbeamten eine ganze Menge sagte. Er legte den Brief wieder auf den Tisch, holte aus einer Anrichte ein großes Glas und deckte es über das bekritzelte Papier. Dann:

»Sie warten hier«, befahl er, »und rühren sich nicht vom Fleck, bis ich zurückkomme.«

In seinem Ton lag eine solche Schärfe, daß sein Besucher zusammenfuhr.

Reeder ging in sein Badezimmer, streifte die Ärmel hoch und ließ lange Zeit heißes Wasser über seine Hände laufen. Dann nahm er eine kleine Flasche aus einem Wandschränkchen, goß den Inhalt in das Wasser und hielt die Hände minutenlang hinein. Danach bürstete er drei Minuten lang seine Finger mit einer Nagelbürste, trocknete sie ab und zog vorsichtig Rock und Weste aus, die er über den Rand der Badewanne hängte. In Hemdärmeln kam er zu seinem unangenehmen Gast zurück.

»Unser Freund Walker ist im Hospital beschäftigt?« stellte er mehr fest als daß er fragte. »Was für Fälle lagen da – Scharlach oder noch Schlimmeres?«

Er warf einen Blick auf den Brief unter der Glasschale.

»Natürlich Scharlach – und der Brief ist ganz systematisch infiziert worden. Walker ist ziemlich gerissen.«

Im Kamin brannte ein Holzfeuer, und Reeder warf den Brief mitsamt der Unterlage in die Flammen.

»Sehr geschickt«, wiederholte er grüblerisch. »Natürlich, er ist einer der Wärter im Hospital. Sie sagten, es war Scharlach, nicht wahr?«

Der Mann nickte wortlos.

»Und selbstverständlich ein bösartiger Fall. Faszinierend.«

Reeder steckte die Hände in die Hosentaschen und blickte wohlwollend auf den unglücklichen Sendboten des rachsüchtigen Walker herab.

»Sie können jetzt gehen, Mills«, meinte er freundlich. »Sie haben sich vermutlich angesteckt, denn das lächerliche Stück Ölpapier ist kein Schutz gegen diese Krankheitskeime. In drei Tagen werden Sie Scharlach haben und höchstwahrscheinlich schon Ende der Woche tot sein. Ich werde einen Kranz schicken.«

Er öffnete die Tür, wies auf die Treppe, und der Mann schlich hinaus. Mr. Reeder beobachtete ihn durch das Fenster, sah, wie er über die Straße ging und in die Lewisham High Road einbog. Dann ging Reeder in das Schlafzimmer, zog sich um und machte sich nun endlich auf den Weg in sein Büro.

Er erwartete nicht, Mr. Mills noch einmal zu treffen, und es fiel ihm nicht im Traum ein, daß der Plan dieses Gentleman aus Dartmoor, ›ein Ding zu drehen‹, sie beide noch einmal in Kontakt bringen würde. Für Mr. Reeder war die Sache erledigt.

An diesem Tag war der Staatsanwaltschaft vom Polizeipräsidium wiederum das Verschwinden einer Person mitgeteilt worden, und Mr. Reeder wartete am Nachmittag an der üblichen Stelle auf das junge Mädchen – er fühlte instinktiv, daß sie ihn auf eine Spur bringen konnte. Er war fest entschlossen, diesmal nicht locker zu lassen, bevor sie alle seine Fragen beantwortet hatte. Aber erst, als sie beinahe das Ende der Brockley Street erreicht hatten und schon langsam auf die Pension des jungen Mädchens zugingen, kam er seinem Ziel näher.

»Warum sind Sie eigentlich so neugierig, Mr. Reeder?« fragte Margaret ein wenig ungeduldig. »Wollen Sie vielleicht auch Geld investieren? Da könnte ich Ihnen leider nicht helfen, denn wir mußten uns verpflichten, keine neuen Aktionäre vorzuschlagen.«

Mr. Reeder blieb stehen, nahm den Hut ab und rieb sich nachdenklich den Kopf. Seine Haushälterin beobachtete ihn von einem der oberen Fenster seiner Wohnung, und sie war fest davon überzeugt, daß er um die junge Dame angehalten und einen Korb bekommen habe.

»Ich muß Ihnen jetzt etwas sagen, Miss Belman, und ich hoffe nur, daß ich Sie damit nicht allzusehr – hm – erschrecke.«

Ganz kurz erzählte er ihr die Geschichte von dem rätselhaften Verschwinden so vieler Menschen und von der sonderbaren Übereinstimmung, die alle diese Fälle kennzeichnete – nämlich das Eintreffen einer Dividendenzahlung am Ersten eines jeden Monats.

Margaret wurde blaß. »Ist das Ihr Ernst?« fragte sie, selbst sehr ernst geworden. »Aber Sie würden mir das doch nicht erzählen, wenn nicht ... Die Gesellschaft ist das Mexico City Investment Syndikat in der Portugal Street.«

»Und wie kamen Sie mit dieser Firma in Verbindung?«

»Ich bekam eines Tages einen Brief vom Direktor der Gesellschaft, einem Mr. de Silvo. Er schrieb mir, daß er meinen Namen durch einen Bekannten erfahren habe, und gab mir gleichzeitig genaue Einzelheiten über die Kapitalanlagen.«

»Haben Sie den Brief noch?«

Sie schüttelte den Kopf.

»Nein. Man hatte mich aufgefordert, das Schreiben mitzubringen, wenn ich sie aufsuchen würde. Tatsächlich habe ich aber niemals jemand von der Firma zu sehen bekommen«, erklärte das Mädchen. »Ich hatte nämlich an ihre Anwälte geschrieben – warten Sie einen Moment? Dann hole ich das Antwortschreiben.«

Mr. Reeder wartete an der Tür, während das junge Mädchen ins Haus lief. Sie kam nach wenigen Minuten mit einer kleinen Briefmappe zurück, aus der sie einen Brief mit dem Aufdruck der Anwaltsfirma Bracher & Bracher zog. Es war das übliche Schreiben, das man von einem Rechtsanwalt erwarten konnte:

›Betrifft: Mexico City Investment Syndikat.

Sehr verehrte gnädige Frau,

wir sind die Rechtsvertreter dieser Firma, die unseres Wissens als sehr solide gilt. Wir halten es jedoch für unsere Pflicht, Ihnen mitzuteilen, daß wir keine Kapitalanlagen bei irgendeiner Gesellschaft empfehlen können, die so großen Gewinn verspricht, da gewöhnlich ein Risiko damit verbunden ist. Wir wissen jedoch, daß diese Gesellschaft 12 1/2 Prozent und zeitweilig mehr als 20 Prozent gezahlt hat. Von irgendwelchen Klagen ist uns nichts bekannt. Wir als Rechtsanwälte können natürlich nicht für die finanzielle Stabilität irgendeines unserer Klienten garantieren. Wir wiederholen jedoch, daß die Gesellschaft nach unseren Feststellungen gewinnbringende Geschäfte tätigt und offenbar über ausreichende Reserven verfügt. Hochachtungsvoll – Bracher & Bracher.‹

*

»Sie sagten, Sie hätten de Silvo niemals gesehen?«

Margaret schüttelte den Kopf.

»Nein, ich habe nur mit Mr. Bracher gesprochen. Im Büro des Syndikats, das im gleichen Gebäude wie das Anwaltsbüro ist, war nur ein Angestellter. Mr. de Silvo war verreist. Den Brief mußte ich dort lassen, weil die untere Hälfte des Briefbogens das Antragsformular für den Erwerb der Aktien war. Übrigens lautete eine Klausel, daß man das investierte Kapital innerhalb von drei Tagen wieder abheben könne – und ich muß gestehen, daß hauptsächlich dieser Punkt meine Entscheidung beeinflußte. Als mir dann Mr. de Silvo schrieb, daß mein Antrag angenommen sei, habe ich ihm das Geld geschickt.«

Mr. Reeder nickte.

»Und haben Sie Ihre Dividenden immer pünktlich erhalten?«

»Jeden Monat«, triumphierte das junge Mädchen. »Ich glaube wirklich, daß Sie Mr. de Silvo Unrecht tun, wenn Sie ihn mit dem Verschwinden dieser Leute in Verbindung bringen.«

Mr. Reeder gab keine Antwort. Am selben Nachmittag noch ging er aber in die Portugal Street 179. Das war ein altmodisches, zweistöckiges Haus. Von der großen gefliesten Halle führten zwei geschwungene Treppen in das obere Stockwerk, das ein chinesischer Kaufmann innehatte. In der Halle waren drei Türen, von denen die an der linken Seite das Schild ›Bracher & Bracher, Rechtsanwälte‹ trug. Gegenüber war das Büro des Mexico Syndikates, die dritte Tür, die am Ende der Halle war, trug die Aufschrift ›John Baston‹ ohne weitere Angaben.

Mr. Reeder klopfte leise an die Tür des Syndikates. Eine Stimme forderte ihn auf, einzutreten. Vor einer Schreibmaschine saß ein junger Mann mit dunkler Brille, über den Ohren die Hörer eines Diktaphons, und tippte eifrig.

»Nein, Sir, Mr. de Silvo ist nicht hier. Er kommt nur zweimal in der Woche ins Büro«, sagte der Angestellte. »Würden Sie mir bitte Ihren Namen nennen?«

»Ach, das ist nicht so wichtig«, erwiderte Reeder höflich, ging hinaus und schloß die Tür hinter sich.

Mit seinem Besuch bei der Firma Bracher & Bracher hatte er mehr Glück, denn Mr. Joseph Bracher war in seinem Büro. Er war ein großer, blühend aussehender Mann, der eine Rose im Knopfloch trug. Augenscheinlich verdienten die Anwälte recht gut, denn im Geschäftszimmer arbeiteten ein halbes Dutzend Angestellte, und Mr. Brachers privates Heiligtum war ein Muster an altmodischer Eleganz.

»Nehmen Sie Platz, Mr. Reeder«, sagte der Anwalt, auf die Visitenkarte blickend.

In wenigen Worten erklärte Mr. Reeder den Grund seines Besuches, und sein Gegenüber lächelte.

»Es ist ein Glück, daß Sie heute gekommen sind«, begann er, »denn morgen wären wir nicht mehr in der Lage gewesen, Ihnen irgendwelche Auskünfte zu geben. Wir haben nämlich, ganz offen gesagt, Mr. de Silvo bitten müssen, sich andere Anwälte zu suchen. Nein, nein, es ist absolut nichts vorgefallen, nur verweist die Firma ständig ihre Kunden an uns, und wir haben das Gefühl, daß wir allmählich eine gewisse Garantie übernehmen, und das ist natürlich ganz unmöglich.«

»Besitzen Sie ein Verzeichnis der Personen, die an Sie geschrieben und Ihren Rat in bezug auf das Mexico Syndikat eingeholt haben?«

Mr. Bracher schüttelte den Kopf.

»Ich muß gestehen, so merkwürdig das auch klingt, wir haben keines. Und das ist einer der Gründe, warum wir uns entschlossen haben, diese Klienten aufzugeben. Vor etwa drei Wochen ist die Mappe, in der wir sämtliche Kopien der Briefe aufbewahrten, auf völlig unerklärliche Weise verschwunden. Am Abend war sie mit den anderen Büchern in den Safe gelegt worden, und am nächsten Morgen war sie weg, ohne daß irgendwelche Spuren darauf hindeuteten, daß sich ein Unbefugter am Schloß zu schaffen gemacht hat. Die Umstände waren derart mysteriös und mein Bruder und ich so betroffen darüber, daß wir das Mexico-Syndikat ersuchten, uns eine Liste ihrer Kunden zur Verfügung zu stellen, aber bis jetzt hat man uns noch keine geschickt.«

Mr. Reeder blickte starr zur Zimmerdecke, als ob er von dort eine Eingebung erhoffte.

»Wer ist eigentlich John Baston?« fragte er.

»Da fragen Sie mich zuviel. Baston ist, soviel ich weiß, ein sehr finanzkräftiger Mann, der aber kaum drei Monate im Jahr in sein Büro kommt. Ich habe ihn übrigens noch nie gesehen.«

Mr. Reeder gab ihm flüchtig die Hand und ging langsam die Portugal Street hinunter, das Kinn auf die Brust gesenkt und tief in Gedanken versunken. Seine auf dem Rücken gefalteten Hände zogen den Regenschirm hinter sich her, so daß er eine putzige Ähnlichkeit mit einem geschwänzten Tier hatte.

Am Nachmittag wartete er wieder auf das junge Mädchen, aber obwohl er geduldig bis um halb sechs an der Haltestelle stand, wartete er umsonst. Das war nichts Ungewöhnliches, denn zuweilen mußte Miss Belman länger arbeiten, und so ging er nach Hause, ohne sich weiter Gedanken zu machen. Nach dem Abendessen begab er sich in ihre Pension, erfuhr aber von der Wirtin, daß Miss Belman noch nicht nach Hause gekommen sei. Dann rief er ihr Büro an und schließlich die Privatwohnung ihres Chefs.

»Sie ist um halb fünf fortgegangen«, war die überraschende Antwort. »Sie hatte einen Telefonanruf bekommen und bat mich, etwas eher gehen zu dürfen.«

»Oh!« sagte Mr. Reeder leise.

In dieser Nacht ging er nicht zu Bett, sondern saß in einem kleinen Raum in Scotland Yard und las die kurzen Rapporte, die nach und nach von den verschiedenen Polizeirevieren einliefen. Und mit dem kommenden Morgen kam die schreckliche Gewißheit, daß auch Margaret Belmans Name der Liste der Personen hinzugefügt werden mußte, die unter so außergewöhnlichen Umständen verschwunden waren.

Bis gegen acht Uhr saß er halb schlummernd in dem großen Windsor-Stuhl, fuhr dann nach Hause, badete, rasierte sich, und als der Staatsanwalt in seinem Büro erschien, fand er Mr. Reeder schon wartend im Korridor. Es war ein ganz veränderter Reeder, und diese Veränderung hatte nicht nur mit der schlaflosen Nacht zu tun. Seine Stimme war schärfer, und die Atmosphäre von um Verzeihung bittender Freundlichkeit, die ihn sonst umgab, war nicht mehr zu spüren.

In wenigen Worten berichtete er von dem Verschwinden Margaret Belmans.

»Glauben Sie, daß womöglich de Silvo dahintersteckt?« fragte sein Chef.

»Ich bin davon überzeugt«, erwiderte Reeder ruhig. »Ich habe eine einzige Hoffnung, aber die ist nur sehr schwach – wirklich sehr schwach!«

Er erklärte dem Staatsanwalt nicht, worin diese Hoffnung bestand, sondern ging zum Büro des Mexico Syndikates. Mr. de Silvo war nicht da, und Reeder wäre auch sehr überrascht gewesen, wenn er ihn angetroffen hätte. Er durchquerte die Halle, um den Anwalt aufzusuchen, und traf beide Brüder in ihrem Privatbüro.

Wenn Reeder sachlich wurde, wurde er es in einer eiskalten Weise.

»Ich lasse einen Polizisten zurück mit dem Auftrag, de Silvo zu verhaften, sobald dieser hier erscheint. Ich halte es für richtig, Sie als seine Anwälte davon zu informieren.«

»Aber warum, um Himmels willen . . .«, begann Mr. Bracher ganz verdutzt.

»Ich weiß noch nicht, welche Anklage ich gegen ihn vorbringen werde, aber ganz gewiß wird sie höchst schwerwiegend sein«, unterbrach ihn Mr. Reeder. »Im Augenblick habe ich Scotland Yard noch nicht meine Verdachtsgründe mitgeteilt, aber Ihr Klient wird eine sehr glaubhafte Geschichte und eindeutige Beweise seiner Unschuld beibringen müssen, wenn er auf freiem Fuß bleiben will.«

»Ich tappe völlig im dunkeln«, sagte der Anwalt betroffen. »Was hat er denn gemacht? Ist sein Syndikat ein Schwindelunternehmen?«

»Einen größeren Schwindel kenne ich nicht«, entgegnete Reeder kurz. »Morgen werde ich mir die notwendigen Vollmachten geben lassen, um sein Büro und auch das Büro von Mr. John Baston zu durchsuchen. Ich habe so eine Ahnung, daß ich in diesen Räumen Verschiedenes finden werde, was mich außerordentlich interessiert.«

*

Er verließ erst spät am Abend Scotland Yard und wandte sich gerade der vertrauten Ecke zu, als er von der Westminster Bridge ein Auto auf sich zukommen sah, aus dem ihm jemand eifrig zuwinkte. Es war ein Sportcoupé, und der Fahrer war Mr. Joseph Bracher.

»Wir haben de Silvo gefunden!« rief er atemlos, brachte den Wagen zum Stehen und sprang heraus. Er war sehr erregt, und sein Gesicht war bleich. Mr. Reeder hätte darauf schwören können, daß seine Zähne klapperten. »Irgend etwas stimmt da nicht – stimmt ganz und gar nicht«, fuhr Bracher fort. »Mein Bruder hat versucht, die Wahrheit aus ihm herauszubekommen – mein Gott! Wenn er wirklich diese Schandtaten begangen hat, werde ich mir meine Vertrauensseligkeit niemals verzeihen!«

»Wo ist er jetzt?« fragte Mr. Reeder.

»Er kam kurz vor dem Abendessen zu uns nach Dulwich. Mein Bruder und ich sind Junggesellen und leben allein dort, und er ist schon öfter zum Essen bei uns gewesen. Mein Bruder hat ihn ausgefragt, und de Silvo hat schließlich Dinge zugegeben, die fast unglaublich sind. Der Mann muß wahnsinnig sein.«

»Was hat er denn gesagt?«

»Ich kann Ihnen gar nicht alles so erzählen. Ernest hält ihn so lange fest, bis Sie kommen.«

Mr. Reeder stieg in das Auto, und in wenigen Minuten rasten sie über Westminster Bridge in Richtung Camberwell. Lane House, ein stilvoller georgianischer Bau, lag am Ende einer ländlichen Straße, die eine Sackgasse bildete, und war von einem Park umgeben.

Mr. Bracher stieg aus, öffnete die Haustür und führte Mr. Reeder in eine behaglich eingerichtete Halle. Eine Tür stand offen.

»Ist Mr. Reeder gekommen?« Er erkannte die Stimme von Ernest Bracher und trat in das Zimmer.

Der jüngere Mr. Bracher stand mit dem Rücken zum Kamin, sonst war niemand weiter im Zimmer.

»De Silvo ist nach oben gegangen, um sich einen Augenblick hinzulegen«, erklärte der Anwalt. »Das ist eine furchtbare Geschichte, Mr. Reeder.« Er streckte ihm die Hand entgegen, und

Reeder ging durch das Zimmer auf ihn zu. Als er seinen Fuß auf den viereckigen Perserteppich setzte, der vor dem Kamin lag, wurde er sich plötzlich einer Gefahr bewußt und versuchte, zurückzuspringen, aber er hatte schon das Gleichgewicht verloren. Reeder fühlte, wie sich eine Öffnung auftat, die der Teppich verdeckt hatte. Für einen Augenblick konnte er sich noch an der Kante der Falltür festhalten, als aber der Anwalt ihm auf die Finger trat, ließ Reeder los und fiel in die Tiefe. Der Aufprall raubte ihm fast die Besinnung, und einen Augenblick lag er bewegungslos auf dem Boden des Kellers, in den er gestürzt war. Als er nach oben blickte, sah er das Gesicht des älteren der beiden Brüder über der Öffnung, die langsam kleiner wurde. Offensichtlich gab es eine Schiebeplatte, die das Loch verschloß.

»Wir rechnen später mit ihnen ab, Reeder«, versprach Joseph Bracher grinsend. »Wir haben schon eine ganze Menge geschickter Leute hier gehabt, und –« Ein Schuß krachte im Keller. Die Kugel streifte die Wange des Anwalts, der mit einem Schrei zurücksprang, und zerschmetterte den Kronleuchter in tausend Scherben. In der nächsten Sekunde hatte sich die Falltür geschlossen, und Mr. Reeder fand sich allein in einem kleinen, backsteingemauerten Keller. Aber ganz allein fühlte er sich nicht, denn der Browning, den er in der Hand hielt, war in diesem Augenblick ein äußerst angenehmer Begleiter.

Reeder zog eine Taschenlampe hervor und untersuchte sein Gefängnis. Wände und Fußboden waren feucht, das war das erste was ihm auffiel. In einer Ecke führten ein paar schmale Stufen zu einer verschlossenen Eisentür hinauf, und dann:

»Mr. Reeder!«

Er fuhr herum und richtete seine Lampe in die andere Ecke. Es war Margaret Belman, die sich von einem Stapel Säcke erhob.

»Ich fürchte, ich habe Sie in eine sehr unangenehme Lage gebracht«, sagte sie, und er bewunderte sie wegen ihrer Ruhe.

»Wie lange sind Sie schon hier?«

»Seit gestern nacht«, antwortete Margaret. »Bracher rief mich an, daß er mich sprechen müßte, und nahm mich in seinem Wagen mit. Bis heute abend haben sie mich in einem anderen Raum gefangen gehalten, aber vor etwa einer Stunde brachten sie mich hierher.«

»Was war das für ein Raum?«

Margaret zeigte auf die Eisentür. Sie berichtete ihm keine Einzelheiten über ihre Entführung, und es war auch nicht der richtige Augenblick, um über ihr gemeinsames Mißgeschick zu reden. Reeder ging die Stufen hinauf und untersuchte die Tür, die so befestigt war, daß sie sich nach innen öffnen mußte. Auf dieser Seite war kein Schlüsselloch zu sehen. Auf seine Fragen, wohin die Tür führte, berichtete sie, daß hinter der Eisentür ein Kohlenkeller und eine Küche seien. Sie hatte gehofft, von dort entfliehen zu können, da nur ein Gitterfenster sie von der Freiheit trennte.

»Aber das Fenster war sehr weit oben, und natürlich hätte ich die Gitterstäbe auch nicht aufbrechen können.«

Reeder untersuchte noch einmal den Keller, dann leuchtete er mit seiner Lampe die Decke ab. Er sah weiter nichts als einen Flaschenzug, der an einem Balken befestigt war.

»Was in aller Welt haben die mit uns vor?« fragte er gedankenvoll, und als ob man seine Frage gehört hätte und ihn über die Antwort nicht im Zweifel lassen wollte, hörte er das gurgelnde Rauschen von Wasser, das ihm in wenigen Sekunden bis über die Knöchel stieg.

Er richtete den Schein der Taschenlampe auf die Stelle, woher das Wasser kam. Es ergoß sich aus drei Löchern in der Wand.

»Was ist das?« flüsterte das Mädchen erschrocken.

»Gehen Sie auf die Stufen«, befahl Reeder kurz.

Mit einem Blick hatte er erkannt, daß es keine Möglichkeit gab, die Fluten einzudämmen. Und nun war das Geheimnis um die Verschwundenen kein Geheimnis mehr.

Das Wasser stieg mit unglaublicher Geschwindigkeit, zuerst bis zu den Knien, dann zu den Hüften, und Reeder stellte sich neben das Mädchen auf die Stufen.

Es gab keinen Ausweg für sie. Er nahm an, das Wasser würde nur so hoch steigen, daß sie den Balkon unterhalb der Decke oder den Flaschenzug nicht erreichen konnten. Dessen grausige Bedeutung war ihm jetzt klar geworden, denn die ermordeten Personen mußten doch auf irgendeine Weise aus dem Keller herausgeschafft werden. Reeder war zwar ein sehr ausdauernder Schwimmer, wußte aber, daß es ihm unmöglich sein würde, sich in den kommenden Stunden über Wasser zu halten. Er zog Rock und Weste aus und sagte in sachlichem Ton: »Es ist besser, Sie ziehen ebenfalls Ihr Kleid aus. Können Sie schwimmen?«

»Ja«, antwortete sie sehr leise.

Die Frage, die ihn am meisten beschäftigte, stellte er jedoch nicht: wie lange sie sich wohl über Wasser halten könnte!

Sie schwiegen lange; das Wasser stieg immer weiter. Und dann:

»Haben Sie sehr große Angst?« fragte er und nahm ihre Hand in die seine.

»Nein, ich glaube nicht«, flüsterte Margaret. »Ich bin so froh, daß Sie bei mir sind.« Er schwieg, aber er zog ihre Hand an die Lippen. Das Wasser hatte nun die oberste Stufe erreicht. Reeder stand mit dem Rücken zur Eisentür und wartete. Und dann spürte er, wie irgend etwas von der anderen Seite her gegen die Tür stieß. Er hörte ein leises Klicken, als ob ein Riegel zurückgezogen worden sei. Vorsichtig schob er das junge Mädchen beiseite und legte beide Handflächen an die Tür. Es gab keinen Zweifel, auf der anderen Seite hantierte jemand an der Tür herum. Reeder ging eine Stufe tiefer und fühlte im gleichen Augenblick, daß sich die Tür bewegte und langsam gegen ihn öffnete. Ein Lichtschimmer glomm auf. Im nächsten Augenblick hatte Reeder die Tür aufgerissen und sprang hindurch.

»Hände hoch!«

Wer immer es auch war, er ließ seine Lampe fallen. Mr. Reeder richtete den Schein seiner eigenen Taschenlampe auf ihn und war so überrascht, daß sie auch ihm beinahe aus der Hand geglitten wäre.

Denn der Mann, der vor ihm in dem engen Gang stand, war Mills, der Ex-Sträfling, der ihm den infizierten Brief aus Dartmoor gebracht hatte.

»Schon gut, Inspektor. Bin ich eben mal wieder 'reingefallen!« brummte der Mann verdrossen.

Blitzartig hatte Reeder die Situation durchschaut. Er packte das junge Mädchen und zog es durch den schmalen Gang, in den jetzt das Wasser hineinfloß.

»Wie bist du hier 'reingekommen, Mills?« fragte er gebieterisch.

»Durch das Fenster.«

»Zeig es mir – schnell!«

Der Einbrecher führte sie zu dem Fenster, das von dem Mädchen mit solcher Sehnsucht betrachtet worden war. Das Gitter war verschwunden, der ganze Fensterrahmen aus den Angeln gehoben.

Im nächsten Augenblick standen sie im Freien und sahen die funkelnden Sterne über sich.

»Mills«, sagte Mr. Reeder und seine Stimme schwankte, »du wolltest doch hier ›ein Ding drehen‹!«

»Na klar«, knurrte Mills, »habe ich doch schon zugegeben. Ich mache ja gar keine Schwierigkeiten!«

»Verschwinde!« zischte Reeder. »Verschwinde auf dem schnellsten Wege! Und nun, junge Dame, werden wir einen kleinen Spaziergang machen.«

Ein paar Sekunden später wurde ein seine Runden gehender Polizeibeamter in sprachloses Erstaunen versetzt durch den Anblick eines Herrn mittleren Alters in Hemd und Hose und einer Dame, die sehr unzulänglich mit einem seidenen Unterrock bekleidet war.

»Das ›Mexico Syndikat‹ war Bracher & Bracher«, erklärte Reeder seinem Chef. »Einen John Baston gab es überhaupt nicht. Seine Zimmer waren nur der Durchgang für die Brachers, wenn sie von einem Büro in das andere gelangen wollten. Die Anwaltsfirma Bracher & Bracher ist von Jahr zu Jahr mehr heruntergekommen. Wahrscheinlich wird es sich herausstellen, daß sie Gelder ihrer Klienten unterschlagen haben. Dann kamen sie auf die Idee, leichtgläubige Menschen zu veranlassen, ihr Geld bei ihnen anzulegen; sie versprachen ihnen riesige Dividenden. Ihre Opfer waren immer sorgfältig ausgewählt, und Joseph, das eigentliche Haupt des Syndikats, stellte genaue Untersuchungen an, um sicher zu sein, daß die Unglücklichen wirklich völlig allein standen. Waren sie sich nicht ganz im klaren, bliesen sie die ganze Sache lieber ab und rieten den Antragstellern, ihr Geld woanders anzulegen.

Hatten sie dann ein oder zwei Jahre hindurch Dividenden gezahlt, wurde der unglückliche Aktionär in ihr Haus in Dulwich gelockt und dort nach allen Regeln der Kunst um die Ecke gebracht. Sie werden vermutlich im Park einen inoffiziellen Friedhof finden. So viel ich inzwischen herausbekommen habe, verdienten die beiden Brachers innerhalb der letzten zwei Jahre einige hundertzwanzigtausend Pfund auf diese Weise.«

»Unglaublich«, stieß der Staatsanwalt hervor, »einfach unglaublich!«

»Aber warum haben denn die Brachers mit der Ermordung Miss Belmans so lange gewartet?«

Reeder hustete verlegen.

»Sie wollten reinen Tisch machen, aber sie wollten die junge Dame nicht eher umbringen, bevor sie mich nicht in ihren Händen hatten. Ich möchte fast annehmen« – er hustete wieder –, »daß sie glaubten, ich hätte ein ganz besonderes Interesse an Miss Belman.«

»Und haben Sie es?« fragte der Staatsanwalt.

Aber darauf gab Mr. Reeder keine Antwort.

Leseprobe

Spannendes Lesevergnügen auf den
folgenden Seiten
mit dem neuen Roten Krimi

Band 95

Ein Einbrecher! Gordon Selsburys erster Gedanke war, auf den Mann loszuspringen - aber dann überlegte er und näherte sich ihm vorsichtig ...

»Hände hoch, oder ich schieße!« Das Licht der Taschenlampe verlöschte. Doch Gordon hatte den Mann erkannt!

Jetzt hätte er sofort Scotland Yard verständigen müssen - nur wäre das äußerst unklug gewesen. Dann hätte man ihn nämlich gefragt, was er nachts in einem fremden Zimmer zu suchen hatte ...

Nein, John ist ein Gentleman – obgleich er im Polizeipräsidium auf der Liste der besten Geldschrankknacker steht.«

»Dann ist er also ein Bankräuber?« sagte er verstehend. »Wie interessant! Und natürlich besucht er nur Banken, bei denen er kein Depot hat!«

»Selbstverständlich – das ist sein Beruf. Ich habe ihn früher begleitet, aber er fühlte sich beunruhigt und nervös, wenn ich dabei war. Deshalb habe ich dann auf eigene Faust gearbeitet, und so bin ich auch mit dem Doppelgänger zusammengekommen. Er ist zwar nicht gerade sehr ehrlich, aber er kann etwas. Das muß man ihm lassen. In seinem Fach ist er ungewöhnlich tüchtig. Er behandelt seine Partnerin stets wie eine Dame. Das ist aber auch das einzig Anziehende an ihm.«

Sie sprach von ihm, wie eine Schauspielerin etwa von einem Kollegen gesprochen hätte – ohne Ärger, ohne Neid.

Gordon hörte nun auf, mit den Fingern auf den Küchentisch zu trommeln und kehrte wieder zur Wirklichkeit zurück.

»Kommt denn nun der Doppelgänger hierher? In meiner Verkleidung? Läuft die ganze Sache darauf hinaus? Welch ein Idiot war ich doch! Und Sie waren der Lockvogel ... und alle unsere Unterhaltungen über seelische Probleme waren ...«

»Unsinn!« fiel sie ihm ins Wort. »Es wäre schon an und für sich Unsinn gewesen. Alles derartige Gerede und Gewäsch ist Blech!«

»Aber – warum sind Sie denn überhaupt hierher ins Haus gekommen?«

»Weil ich mein Geld zurückhaben will – das Geld, das ich meiner Freundin vorgestreckt habe. Er wollte es mir nicht geben. Er log mir vor, daß er das Geld für den Scheck von Smith noch nicht habe. Er sagte, daß er selbst nichts habe, und dabei schwimmt er doch im Überfluß. Er war so auswattiert mit Banknoten, daß man ihn nicht anfassen konnte, ohne daß es raschelte. Als ich ihm sagte, daß ich nicht weiterarbeiten würde, bis er die alte Rechnung beglichen habe, sagte er, ich solle zum Teufel gehen, ich hätte kein Recht gehabt, meine Freundin auszuzahlen, und er würde die Sache auch ohne mich zu Ende bringen. Aber das wird ihm nicht gelingen!«

LESEPROBE

Gordon sah sie düster an.

»Warum sagen Sie mir denn das alles? Ist Ihnen nicht klar, daß Sie sich dadurch vollständig in meine Hand gegeben haben? Ich brauche nur die Polizei anzurufen, dann sitzen Sie fest!«

Sie war nicht im mindesten verwirrt.

»Mein Junge, Sie haben wirklich einen Verstand wie eine Fledermaus! Vergessen Sie alles, Onkel Artur!«

Ihre Worte trafen ihn wie Schläge. Onkel Artur! Es war ja alles hoffnungslos!

»Wie kann ich denn diesen Doppelgänger erkennen – wenn er kommt? Wann erwarten Sie ihn denn?«

Was sich auch immer ereignen sollte, er war fest entschlossen, den Plan des Doppelgängers zum Scheitern zu bringen.

»Warum wollen Sie denn das wissen? Dan wird auf einmal dasein, ganz natürlich! Er ist der schlaueste und tüchtigste Kerl in seinem Fach. Unser gespanntes Verhältnis veranlaßt mich nicht dazu, ihn ungerecht zu beurteilen. Er ist einer von den ganz Großen. Er hat zwar keine Begabung für einfache Division, aber wir sind eben nicht alle als Mathematiker geboren. Wenn der kommt, werden Sie es nicht wissen. Er kommt auch nicht immer in der Rolle seines Opfers. Manchmal spielt er auch sehr geschickt einen Butler.«

Gordon erschrak und dachte an Superbus. Aber es erschien ihm doch unmöglich, daß der Mann sich soweit erniedrigen sollte, eine solche Rolle zu spielen.

»Glauben Sie, daß der Detektiv –?«

»Ich habe es früher schon erlebt, daß Dan als der Detektiv aufgetreten ist, der seine Opfer bewachen sollte. Das ist sogar eine seiner Lieblingsverkleidungen. Er ist unerschöpflich in seinen Erfindungen. Aber, mein Junge, ich gebe Ihnen hier Aufschlüsse, die mehr als eine Million Dollar wert sind. Sie sollten mir auf den Knien danken. Aber Sie sind natürlich ein undankbares Geschöpf. Wissen Sie, seine beste Rolle ist eigentlich, wenn er den Geistlichen spielt, der auf Besuch kommt. Darin ist er einfach unübertrefflich. Er hat mir erzählt, daß er einmal eine Viertelmillion Dollar auf diese Weise aus der Kirche herausgeholt hat.«

»Ein Pfarrer – heute war doch einer hier?« sagte Gordon

nachdenklich. »Aber warum machen Sie sich denn nicht den Gesetzesparagraphen zunutze, nach dem Sie frei ausgehen, wenn Sie gegen ihn als Zeugin auftreten?«

»Sind Sie denn ganz verrückt? Sie beleidigen mich, wenn Sie mir so etwas zumuten! Die ganze Sache ist eine reine Privatangelegenheit zwischen Dan und H. C. Ich heiße nämlich Chowster. Mein Vater war der Pastor Chowster in Minneapolis. Ich habe eine höhere Schule besucht und bin zu sehr Dame, als daß ich jemand bei der Polizei verpfeifen würde. Abstammung und Erziehung lassen sich nicht so leicht vergessen!«

Er bedeckte das Gesicht mit den Händen.

»Was bin ich doch für ein Esel gewesen, es ist unglaublich!«

Heloise betrachtete ihn. In dieser Haltung war er ihr interessanter.

»Ich werde es nicht dulden! Was sich auch ereignen mag, ich werde ihm einen Knüppel zwischen die Beine werfen!«

»Was meinen Sie?« fragte sie ironisch.

»Soll ich vielleicht ruhig zusehen, wie ein Verbrecher ...«

»Gebrauchen Sie nicht solche Ausdrücke!« protestierte sie.

»... ungestraft die menschliche Gesellschaft ausplündert?«

»Mein John sagt, daß er einen Geldschrank sogar mit einer Haarnadel öffnen könne –«

»Ich werde es der Polizei berichten«, sagte Gordon entschieden. »Es war töricht von mir, daß ich es nicht gleich tat. Vielleicht werde ich dadurch bloßgestellt, es mag meinen gesellschaftlichen Ruin bedeuten ... aber ich werde dafür sorgen, daß Sie beide hinter Schloß und Riegel kommen – Sie alle beide!«

Sein Wutausbruch machte aber keinen Eindruck auf sie.

»Mein honigsüßer Liebling!« girrte sie. »Werde doch nicht verrückt, mein Baby.«

Er fuhr zornig auf sie los.

»Nur Sie sind daran schuld, daß Miss Ford glaubt, zwischen uns bestehe irgendein Verhältnis. Ich könnte Ihnen alles verzeihen, aber das nicht!«

»Ach, haben Sie mich nie geliebt?« verspottete sie ihn. »Oh, mein lieber Junge, lache doch, mein Liebling, mein reizendes Baby, zeige doch einmal deine reizenden kleinen Zähnchen!«

LESEPROBE

Diana war in die Küche getreten und hatte die paar letzten Worte gehört.

»Wollen Sie so freundlich sein, Ihre Liebeserklärungen für eine Zeit aufzuheben, wenn Sie wieder aus dem Hause sind?« fragte sie böse. Gordon erschrak, als er ihre Stimme vernahm.

»Aber warum denn?« fragte Heloise und lachte Diana unverschämt an. »Hat denn ein Verbrecher nicht auch das Recht auf ein bißchen Liebe? Ich will ja gern zugeben, daß Onkel Artur nicht so hübsch und süß ist wie Ihr lieber Wopsy, aber er ist in Tante Lizzies Augen wirklich ein netter Junge.«

Gordon wäre dazwischengefahren, wenn er nicht vollständig gebrochen gewesen wäre. Er ging in die Aufwaschküche und ließ seinen schmerzenden Kopf auf die Messerputzmaschine sinken.

Diana fühlte, daß es absurd war, sich einer solchen Frau gegenüber zu verantworten. Aber sie tat es dennoch.

»Mr. Dempsi ist – ein lieber Freund von mir. Wie können Sie ihn mit Ihrem Komplicen vergleichen?« Es war ihr elend zumute, denn sie erkannte plötzlich bestürzt, daß der Doppelgänger entschieden der Begehrenswertere von beiden Männern war. Heloise hatte sie gespannt beobachtet.

»Ach, die letzten Ereignisse haben mir einen Stoß versetzt. Es ist wirklich keine Beschäftigung für mich«, seufzte Heloise.

Ihre Worte machten Eindruck. Dianas Gesicht hellte sich auf und nahm einen freundlichen Ausdruck an.

»Es tut mir manchmal wirklich leid um Sie.«

Heloise senkte den Kopf.

»Ich bin fast immer traurig. Wenn Sie wüßten – es ist ein Höllenleben«, sagte sie bitter.

Diana fühlte Mitleid mit ihr. Die Verlassenheit und das tragische Geschick dieser Frau riefen nach Hilfe.

»Daran hätte ich eben denken sollen«, sagte Diana gütig. »Es tut mir leid, daß ich eben so hart zu Ihnen war.«

Der größte Stratege zeichnet sich dadurch aus, daß er den Augenblick erkennt, in dem der Feind zu schwanken beginnt. Heloise brachte jetzt ihr schweres Geschütz in Front.

»Ich war gut, bevor ich ihm begegnete!« Sie schluchzte unterdrückt.

LESEPROBE

Gordon hörte zu seinem Entsetzen diese Worte und kam eilig in die Küche zurück.

»Diese Heuchelei –«

»Seien Sie sofort ruhig!«

Der Mut verließ ihn wieder, als Diana ihn zornig anblitzte.

»Er hat mich erst schlecht gemacht, er hat mich in den Abgrund gezogen –«

Heloise kämpfte um ihre Sicherheit und Freiheit. Sie war eine ausgezeichnete Schauspielerin.

Dianas Stimme zitterte, als sie sich an den bestürzten Mann wandte.

»Sie gemeiner, brutaler Mensch! Daß es überhaupt möglich ist, solch einen Verbrecher auf die Menschheit loszulassen! Ich habe das schon geahnt. Sie sind ein Tiger, ein Vampir in Menschengestalt! Warum verlassen Sie ihn denn nicht, Heloise?« fragte sie liebevoll.

Heloise wischte sich die Augen und schluchzte.

»Er hat mich vollständig in der Hand. Diese Männer lassen eine Frau nicht wieder los. Ich bin ihm verfallen bis zum Ende!«

Gordon sprang auf. Sie wich angstvoll vor ihm zurück.

»Lassen Sie nicht zu, daß er mich anrührt!« rief sie erschrokken.

In der nächsten Sekunde hatte Diana den Arm um sie gelegt.

»Zurück!« donnerte sie Gordon an. »Schlägt er Sie auch?«

Heloise nickte mit jener zögernden Schüchternheit, die so überzeugend wirkt.

»Ich bin manchmal am ganzen Körper schwarz und braun und blau«, weinte sie. »Er wird mich sicher deshalb wieder furchtbar schlagen. Aber kümmern Sie sich nicht um mich, Miss Ford, ich bin es nicht wert. Ich muß bei ihm bleiben bis zum bitteren Ende – der Himmel mag mir helfen!«

»Sie gemeiner Schuft!«

Heloise weinte. Gordon war so entsetzt, daß er auch hätte weinen mögen.

»Warum können Sie ihn denn nicht verlassen? Sind Sie mit ihm verheiratet?«

Heloise hatte sich wieder etwas beruhigt. Sie lächelte jetzt unendlich traurig, und ihre müden, abgespannten Gesichtszüge schienen eine Geschichte von maßloser Qual und Erniedrigung zu erzählen.

»Diese Art Männer heiraten nicht«, sagte sie leise.

Diana schaute Gordon mit Basiliskenaugen an.

»Aber er wird Sie jetzt heiraten«, erwiderte Diana.

Heloise warf sich Gordon zu Füßen. Er machte nicht einmal den Versuch, seine Hand fortzuziehen, als sie sie umklammerte. Dieser entsetzliche Traum mußte doch einmal zu Ende sein! So ungeheuerliche Dinge konnten sich doch in einer wohlgeordneten Welt nicht zutragen! Er brauchte sich ja nur ruhig zu verhalten – gleich würde ihn Trenters Stimme wecken: »Es ist acht Uhr, mein Herr. Ich fürchte, es regnet heute.« Trenter entschuldigte sich immer wegen des schlechten Wetters. Und dann würde er die Augen öffnen . . .

Aber Heloisens seufzende Stimme weckte ihn.

»Du hast gehört, was die liebe junge Dame eben gesagt hat – heirate mich, Dan! Ach bitte, heirate mich!«

Gordon lächelte wie ein Narr. Diana hielt das für ein höhnisches, sarkastisches Grinsen.

»Mach mich doch wieder so gut, wie ich war, als du mich von Connecticut fortlocktest«, bat Heloise.

Sie hatte zum Schluß nur noch ganz leise gesprochen, und nun erstickten ihre Worte in einem Schluchzen. Für einen Augenblick erlangte Gordon seine Selbstbeherrschung wieder.

»Was soll denn dieses ganze Geplärr bedeuten?« fuhr er sie an und versuchte, seine Hand frei zu machen.

»Mann!« rief Diana wütend. »Sehen Sie sich jetzt vor!«

»Ich sage Ihnen –«

»Sie werden das Mädchen heiraten!«

»Ich – ich kann nicht – und ich will auch nicht! Schert euch doch alle zum Teufel!«

Heloise brach unter diesem Schicksalsschlag vollkommen zusammen.

»Aber du hast es mir doch versprochen – denke doch an deine heiligen Eide! Du wirst dich doch noch an dein Wort halten! Sage doch, daß es nicht wahr ist, Dan!«

LESEPROBE

Diana empfand das tiefe Leid dieser Frau.

»Du meinst es doch nicht so, Dan – du hast doch eben nur einen Scherz gemacht!«

Gordon zeigte seine Zähne und schnitt eine Grimasse.

»Oh, ich sehe, du lächelst wieder – du siehst mich wieder gütig an! Wir werden in Zukunft dieses elende Handwerk lassen – diese liebe junge Dame hat recht. Wir wollen ein anderes Leben beginnen. Nicht wahr, Dan, du versprichst es mir? Ich werde dann wieder deine liebe, kleine Frau sein, die auf der Veranda sitzt, während du die Hühner im Garten fütterst!«

»Das verdammte Hühnerfutter!« rief Gordon außer sich vor Wut. »Ich wünsche Sie und Ihre ganze Veranda zum Kuckuck! Heiraten soll ich Sie auch noch? Diana, kannst du denn dieses ganze Theater nicht durchschauen? Sie spielt dir etwas vor! Zwischen uns besteht keine Beziehung!«

»Er verhöhnt mich auch noch!« stöhnte Heloise und warf sich auf den Boden. Diana war sofort an ihrer Seite und hob sie wieder auf.